· 中国现代经典新诗集汇校本丛书 ·

U0680101

蕙 的 风

汪静之 著

向阿红 汇校

金宏宇 易彬 主编

长江出版传媒 长江文艺出版社

图书在版编目（CIP）数据

蕙的风 / 汪静之著；向阿红汇校. -- 武汉：长江
文艺出版社，2024. 12. --（中国现代经典新诗集汇校本
丛书 / 金宏宇，易彬主编）. -- ISBN 978-7-5702-3789-
0

Ⅰ．I226

中国国家版本馆 CIP 数据核字第 2024MC1973 号

蕙的风

HUI DE FENG

责任编辑：高田宏　　　　　　　　责任校对：程华清

封面设计：胡冰倩　　　　　　　　责任印制：邱　莉　丁　涛

出版：长江出版传媒　长江文艺出版社

地址：武汉市雄楚大街 268 号　　　邮编：430070

发行：长江文艺出版社

http://www.cjlap.com

印刷：中印南方印刷有限公司

开本：640 毫米×960 毫米　　1/16　　印张：16.5

版次：2024 年 12 月第 1 版　　　2024 年 12 月第 1 次印刷

行数：6003 行

定价：28.00 元

汇校说明

中国向来缺少情诗，坦率的告白恋歌更少，汪静之等人的出现，证明"真正专心致志做情诗的是湖畔的四个年轻人"，可以毫不夸张地说，是中国湖畔诗社翻开了中国情诗新的一页。"湖畔"诗人拥抱爱情，并且包含着用新的美学理想改造旧世界的愿望。我们今天展读那一首首美丽的情诗，的确也可以从中窥及当日的泪痕乃至血渍。爱情诗仍然传达着时代的足音，爱情诗不曾脱离它的时代，它自然地加入了并成为那一时代争取进步活动的有力的一个侧翼。

"湖畔"诗人的作品中，汪静之的《蕙的风》是影响很大的一部诗集。《蕙的风》可以说是一部爱情之歌，诗集中几乎都是歌颂新文化时期纯真爱情、肯定男女恋爱的诗篇。它宛如一枚"猛烈无比的炸弹"，投向了旧社会旧道德。在艺术上，汪静之的诗天真而清新，善于用纯朴的语言，流畅自然地抒发真实纯朴的感情，在新诗和整个现代文学的发展史上占有重要的地位。这个汇校本，希望能对《蕙的风》和汪静之整个文学创作的研究有所裨益。

一、《蕙的风》的版本较多，不同版本中作者的改动也较大，主要有以下几种：

（1）初版本。1922年8月，由亚东图书馆出版，曾印行6次，

累计发行 20000 余册。该诗集分为四辑，共收录诗人于 1920 年
到 1922 年间创作的诗歌作品共 165 首（组诗按单篇诗作实际数
量计算）。诗集封面为浅紫色，图画为一青年手捧着心，席地而
坐。封面画下是周作人题写的书名，再下有"汪静之作"字样。
扉页上有诗人的伴侣符箓漪的题辞"放情地唱呵"。正文前有朱
自清、胡适、刘延陵作的序和作者的自序。初版本的编排比较
混乱，既未按写作时间的先后顺序编排，也未按题材进行分类。
1984 年上海书店出版了《蕙的风》初版影印本。

（2）再版本。1957 年 9 月，由人民文学出版社再版。再版
本在初版本的基础上删诗三分之二左右，将《醒后的悲哀》改
成《醒后》和《希望》两首诗，所以，再版本共删诗 115 首，
剩下 51 首，与《寂寞的国》合印成一册。首先，在诗歌编排次
序上，再版本按写作日期的先后进行了重新编排，不分辑数。
其次，作者认为《蕙的风》多数是自由体，押韵很随意，一首
诗有几句有韵，有几句又无韵，为了补上漏掉的韵和改正方言韵，
作者本着"只剪枝，不接木"的原则对文本内容做了大幅度的
删改，有半数的诗作都已重新删节。但其中一首例外 :《蕙的风》
里的《题 B 底小影》原稿本来尚有末尾四句，当时被作者删掉
后出版，在再版中又重新补上。另外，再版本删除了初版本中
朱自清、胡适、刘延陵所作的序和作者自序，另写有新版《自序》
置于书前。该版本于 1983 年重印。

（3）增订本。1992 年 3 月，由漓江出版社出版。增订本在
再版本的基础上增选诗歌作品 41 首，共计 92 首。增订本与再

版本相重合的诗作，作者几乎未在内容上进行再度修改，只对文本中个别字词的使用做了规范。而增选的诗作与初版本相比，改动较大。1996 年浙江文艺出版社将增订本《蕙的风》作为"中国新诗经典"系列之一出版。

（4）文集本。《汪静之文集》（诗歌卷上）于 2006 年 2 月由西泠印社出版。系《蕙的风》《蕙的风佚诗》《寂寞的国》的合集，附《竹因的诗》。文集本重新按《蕙的风》初版本原貌录入，但也有多处修改。文集本的修改者并非作者本人，但也作为一个版本进行汇校，以供读者参考。

二、本书以《蕙的风》初版本为底本，并用上列再版本、增订本和文集本进行校勘。体例如下：

（1）凡文本中有字、词改动者，用引号摘出底本正文，并将其他版本中改动之处校录于后。凡整句有改动者，则校文中不摘出底本正文，以"此句……"代替。凡整篇改动极大者，校文中直接附各版本全篇修改稿。

（2）对底本中不规范使用同一字词较多者，以加注的形式附在校文末尾统一说明，不再按顺序进行一一校录；同时加注也对一些删改信息做一说明。

（3）校号①②③……一般都标在所校之文末。汇校部分一律采用脚注的形式，且每页重新编号。

（4）初版本中部分诗歌未结集之前，已在当时发表于各种报刊上，这些初刊本与结集之后的版本多有出入，因此在进行版本汇校时，将初刊本也纳入汇校中。

三、校勘之事，往往事倍而功半，虽已细心、耐心，亦难免窜误、遗漏。不足、错误之处祈请读者批评指正。

发表篇目统计表

篇目	发表刊物
《蕙的风》	《诗》1922 年第 1 卷第 1 期,第 27—28 页。
《定情花》	《诗》1922 年第 1 卷第 3 期,第 60—61 页。
《竹影》	《诗》1922 年第 1 卷第 2 期,第 62—63 页。
《谢绝》	《诗》1922 年第 1 卷第 2 期,第 61—62 页。
《海滨》	《新潮》1921 年第 3 卷第 1 期,第 96—97 页。
《过伊家门外》	《晨报副刊》1922 年 3 月 4 日,第 3 页,初刊本标题为《短诗》,共有六首,从第十一首至第十六首,本诗为其中第十一首。
《祷告》	《诗》1922 年第 1 卷第 1 期,第 29 页。
《七月的风》	《小说月报》1922 年第 13 卷第 4 期,第 78 页。
《星》	初刊于《新潮》1921 年第 3 卷第 1 期,第 97—98 页；再刊于《小说月报》1922 年第 13 卷第 2 期,第 85—96 页。
《白云》	《晨报副刊》1922 年 2 月 28 日,第 2 页,初刊本标题为《短诗六首》,本诗第一首和第二首为其中第三首和第四首。

（续表）

篇目	发表刊物
《笑笑》	《诗》1922年第1卷第1期，第29页，初刊本标题为"杂诗二首"。
《担忧》	
《一片竹叶儿》	《新青年》1922年第9卷第6期，第79—80页，初刊本标题为"竹叶"。
《在相思里》（七首）	发表于《晨报副刊》1922年3月3日，第2—3页，初刊本标题为《短诗》，共有十首。该组诗中的第一首、第二首、第四首、第七首分别为初刊本中的第四首、第九首、第七首和第十首。 第五首发表于《晨报副刊》1922年3月4日，第3页，初刊本标题为《短诗》，共有六首，从第十一首至第十六首，本诗为其中第十四首。
《悲哀的青年》	《新青年》1922年第9卷第6期，第78—79页。
《母亲》	《诗》1922年第1卷第3期，第56—57页。
《被残的萌芽》	《小说月报》1922年第13卷第4期，第30—36页。
《荷叶上一滴露珠》	《晨报副刊》1921年11月2日，第2页。
《于是诗人笑了》	《晨报副刊》1921年11月3日，第2页。

（续表）

篇目	发表刊物
《孤傲的小草》（六首）	《晨报副刊》1922 年 3 月 1 日，第 2 页。初刊本标题为《短诗七首》。该组诗中的第一首、第二首、第三首、第四首分别为发表本中的第一首、第二首、第四首、第三首。 第五首发表于《晨报副刊》1922 年 2 月 28 日，第 2 页。发表时标题为《短诗六首》，本诗为其中第二首。
《春底话》 《蓓蕾》	《诗》1922 年第 1 卷第 2 期，第 62 页，初刊本标题为《杂诗（二首）》。
《孤苦的小和尚》	《小说月报》1922 年第 13 卷第 1 期，第 91—94 页。
《蟋蟀音乐师》（五首）	第一首、第三首发表于《晨报副刊》1922 年 3 月 3 日，第 2—3 页，初刊本标题为《短诗》，共有十首，分别为其中第六首和第三首。 第五首发表于《晨报副刊》1922 年 3 月 4 日，第 3 页，初刊本标题为《短诗》，共有六首，从第十一首至第十六首，本诗为其中第十二首。

（续表）

篇目	发表刊物
《西湖杂诗》（二十九首）	其中第四首发表于《小说月报》1922 年第 13 卷第 1 期，第 90—91 页，初刊本标题为《D 字样的月光》。 其中第十五首发表于《诗》1922 年第 1 卷第 1 期，第 27 页，初刊本标题为《追回春罢（〈春的西湖〉十一首之一）》"。
《西湖小诗》	其中第一首、第二首、第三首、第六首、第七首、第八首、第九首、第十首、第十一首、第十二首、第十三首、第十四首、第十五首、第十六首、第十七首发表于《晨报副刊》1922 年 2 月 28 日，第 1—2 页，初刊本标题为《西湖杂诗》，分别为初刊本的第一首、第二首、第三首、第四首、第五首、第八首、第九首、第十首、第十一首、第十二首、第十四首、第十五首、第十六首、第十八首、第十九首。初版本中第四首和第五首在初刊本无。
《蝴蝶》（儿歌）	《诗》1922 年第 1 卷第 1 期，第 29—30 页，初刊本标题为《蝴蝶哥哥（儿歌）》"。
《情侣》	《晨报副刊》1922 年 7 月 17 日，第 2 页。

（续表）

篇目	发表刊物
《洋洋》	《晨报副刊》1922 年 2 月 28 日，第 2 页，初刊本标题为《短诗六首》，本诗是其中第一首。
《怯弱者》	《晨报副刊》1922 年 3 月 1 日，第 2 页，初刊本标题为《短诗七首》，本诗为其中第七首。
《生生世世》	《晨报副刊》1922 年 3 月 1 日，第 2 页，初刊本标题为《短诗七首》，本诗为其中第六首。
《尽是》	《晨报副刊》1922 年 3 月 日，第 2—3 页，初刊本标题为《短诗》，共十首，本诗为其中一首，
《心曲》	《晨报副刊》1922 年 3 月 3 日，第 2—3 页，初刊本标题为《短诗》，共有十首，本诗为其中第三首。
《久雨》	《晨报副刊》1922 年 3 月 3 日，第 2—3 页，初刊本标题为《短诗》，共有十首，本诗为其中第八首。
《末路》	《诗》1922 年第 1 卷第 2 期，第 61—62 页。

汇校版本书影

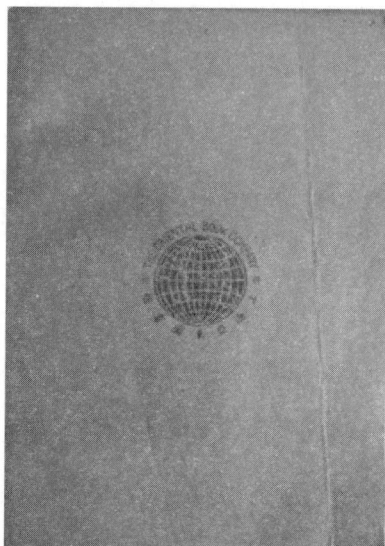

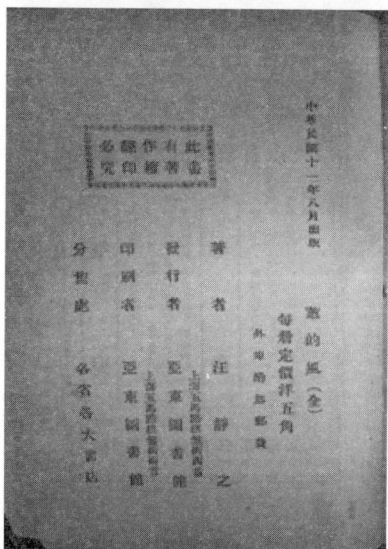

1922 年 8 月初版本

上海亚东图书馆

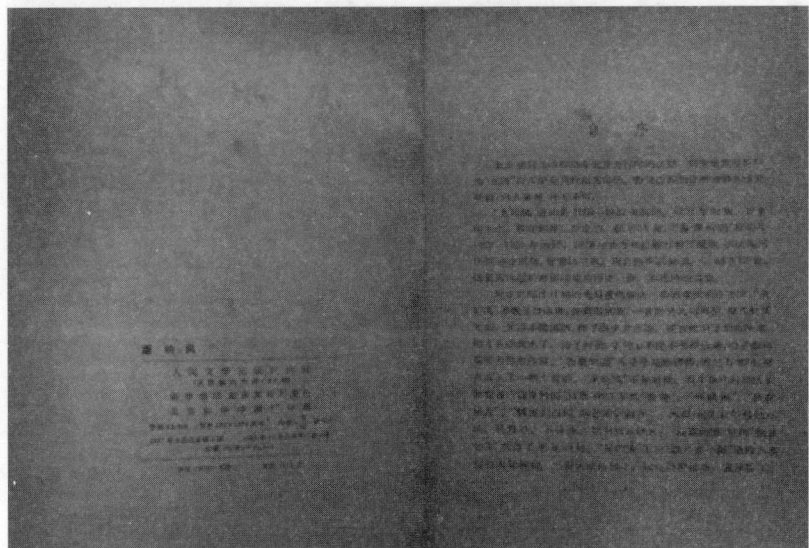

1957年9月再版本
人民文学出版社

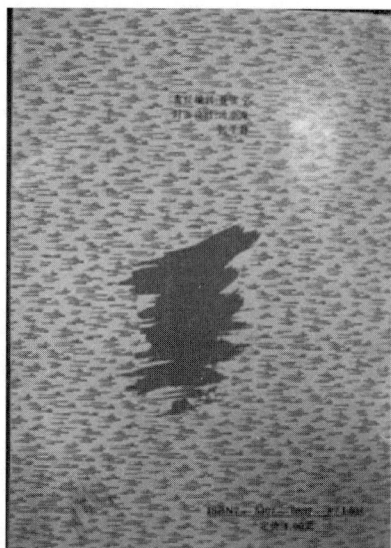

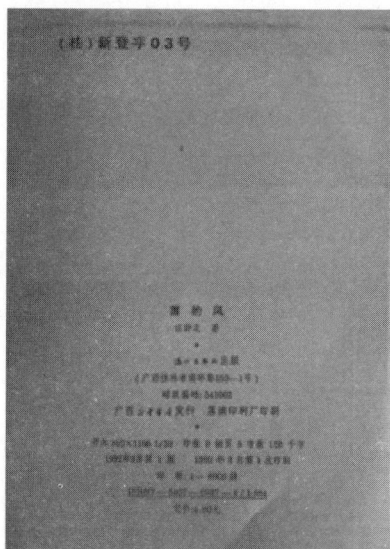

1992 年 3 月增订本

漓江出版社

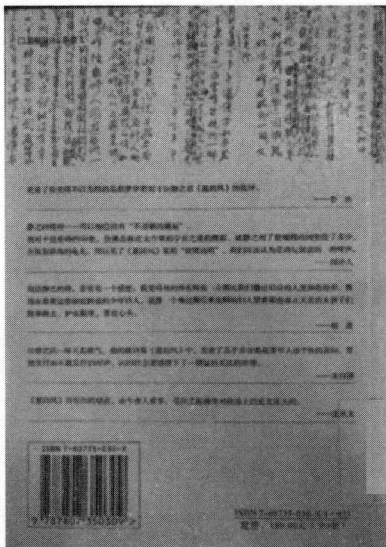

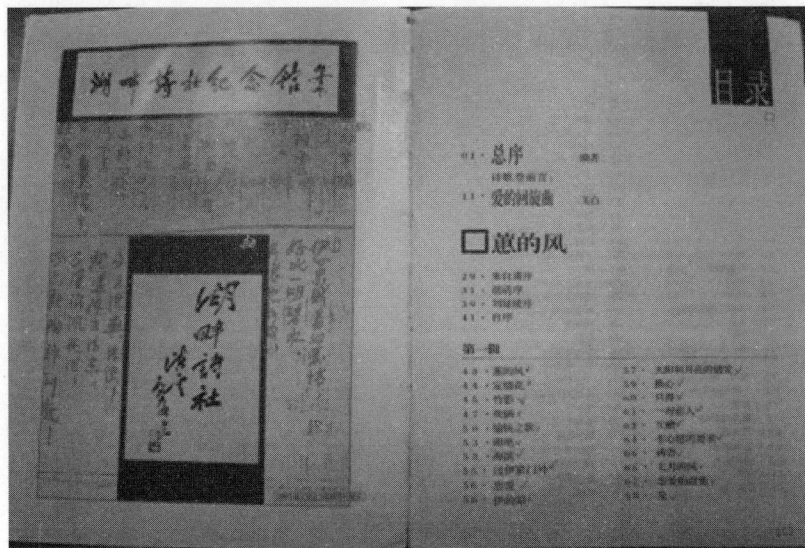

2006 年 2 月文集本

西泠印社

目　录

第一辑

第二辑

朱序

约莫七八个月前，汪君静之抄了他的十余首诗给我看。我从来不知道他能诗，看了那些作品，颇自惊喜赞叹。以后他常常作诗。去年十月间，我在上海闲住。他从杭州写信给我，说诗已编成一集，叫《蕙的风》。我很歆羡他创作底敏捷和成绩底丰富！他说就将印行，教我做一篇序，就他全集底作品略略解释。我颇乐意做这事；但怕所说的未必便能与他的意思符合哩。

静之底诗颇有些像康白情君。他有诗歌底天才；他的诗艺术虽有工拙，但多是性灵底流露。他说自己"是一个小孩子"；他确是二十岁的一个活泼泼的小孩子。这一句自白很可以帮助我们了解他的人格和作品。小孩子天真烂漫，少经人间世底波折，自然只有"无关心"的热情弥满在他的胸怀里。所以他的诗多是赞颂自然，咏歌恋爱。所赞颂的又只是清新、美丽的自然，而非神秘、伟大的自然；所咏歌的又只是质直、单纯的恋爱，而非缠绵、委曲的恋爱。

这才是孩子们洁白的心声，坦率的少年的气度！而表现法底简单、明瞭、少宏深、幽渺之致，也正显出作者底本色。他不用锤炼底工夫，所以无那精细的艺术。但若有了那精细的艺术，他还能保留孩子底心情么？

我们现在需要最切的，自然是血与泪底文学，不是美与爱底文学；是呼吁与诅咒底文学，不是赞颂与咏歌底文学。可是从原则上立论，前者固有与后者并存底价值。因为人生要求血与泪，也要求美与爱，要求呼吁与诅咒，也要求赞叹与咏歌：二者原不能偏废。但在现势下，前者被需要底比例大些，所以我们便迫切感着，认为"先务之急"了。虽是"先务之急"，却非"只此一家"，所以后一种的文学也正有自由发展底余地。这或是为静之以美与爱为中心意义的诗，向现在的文坛稍稍辩解了。况文人创作，固受时代和周围底影响，他的年龄也不免为一个重要关系。静之是个孩子，美与爱是他生活底核心；赞颂与咏叹，在他正是极自然而适当的事。他似乎不曾经历着那些应该呼吁与诅咒的情景，所以写不出血与泪底作品。若教他勉强效颦，结果必是虚浮与矫饰；在我们是无所得，在他却已有所失，那又何取呢！所以我们当客观地容许，领解静之底诗，还它们本来的价值；不可但凭成见，论定是非：这样，就不辜负他的一番心力了。

朱自清。扬州，南门，禾稼巷。

二二，二，一。

胡序

我的少年朋友汪静之把他的诗集《蕙的风》寄来给我看，后来他随时作的诗，也都陆续寄来。他的集子在我家里差不多住了一年之久；这一年之中，我觉得他的诗的进步着实可惊。他在一九二一，二，三，作的《雪花——棉花》，有这样的句子：

> 你还以为我孩子瞎说吗？
> 你不信到门前去摸摸看，
> 那不是棉花？
> 　那不是棉花是什么？
> 妈，你说这是雪花，
> 我说这是顶好的棉花，
> 　比我前天望见棉花铺子里的还好的多多。
> ……

这确是很幼稚的。但他在一年之后——一九二二，一，一八——做的《小诗》，如：

> 我冒犯了人们的指摘，

　　　　一步一回头地睉我意中人，

　　　　我怎样欣慰而胆寒呵。

这就是很成熟的好诗了。

　　我读静之的诗，常常有一个感想：我觉得他的诗在解放，一方面比我们做过旧诗的人更彻底的多。当我们在五六年前提倡做新诗时，我们的"新诗"实在还不曾做到"解放"两个字，远不能比元人的小曲长套，近不能比金冬心的自度曲。我们虽然认清了方向，努力朝着"解放"做去，然而当日加入白话诗的尝试的人，大都是对于旧诗词用过一番工夫的人，一时不容易打破旧诗词的镣铐枷锁。故民国六七八年的"新诗"，大部分只是一些古乐府式的白话诗，一些《击壤集》式的白话诗，一些词式和曲式的白话诗，——都不能算是真正新诗。但不久就有许多少年的"生力军"起来了。少年的新诗人之中，康白情俞平伯起来最早；他们受的旧诗的影响，还不算很深，（白情《草儿》附的旧诗，很少好的，）所以他们的解放也比较更容易。自由（无韵）诗的提倡，白情平伯的功劳都不小。但旧诗词的鬼影仍旧时时出现在许多"半路出家"的新诗人的诗歌里。平伯的《小劫》，便是一例：

　　　　云皎洁，我底衣，

　　　　霞烂缦，我底裙裾，

　　　　终古去翱翔，

随着苍苍的大气；

为什么要低头呢？

哀哀我们底无俦侣。

去低头！低头看——看下方；

看下方啊，吾心震荡；

看下方啊，

撕碎身荷芰底芳香。

这诗的音调、字面、境界，全是旧式诗词的影响。直到最近一两年内，又有一班少年诗人出来；他们受的旧诗词的影响更薄弱了，故他们的解放也更彻底。静之就是这些少年诗人之中的最有希望一个。他的诗有时未免有些稚气，然而稚气究竟远胜于暮气；他的诗有时未免太露，然而太露究竟远胜于晦涩。况且稚气总是充满着一种新鲜风味，往往有我们自命"老气"的人万想不到的新鲜风味。如静之的《月夜》的末章：

我那次关不住了，

就写封爱的结晶的信给伊。

但我不敢寄去，

怕被外人看见了；

不过由我底左眼寄给右眼看，

这右眼就是代替伊了。……

这是稚气里独有的新鲜风味，我们"老"一辈的人只好望着欣
羡了。我再举一个例：

浪儿张开他底手腕，

一叠一叠滚滚地拥挤着，

搂着砂儿怪亲密地吻着。

刚刚吻了一下，

却被风推他回去了。

他不忍去而去了，

似乎怒吼起来了。

呀，他又刚愎愎地势汹汹地赶来了！

他抱着那靠近砂边的小石塔，

更亲密地用力接吻了。

他爬上那小石塔了。

雪花似的浪花碎了，——喷散着。

笑了，他快乐的大声笑了。

但是风又把他推回去了。

海浪呀，

你歇歇罢！

你已经留给伊了——

你底爱的痕迹统统留给伊了。

你如此永续地忙着，

也不觉得倦吗？（《海滨》）

这里确有稚气，然而可爱呵，稚气的新鲜风味！

至于"太露"的话，也不能一概而论。诗固有浅深，倒也不全在露与不露。李商隐一派的诗，吴文英一派的词，可谓深藏不露了，然而究竟遮不住他们的浅薄。《三百篇》里：

取彼谮人，

投畀豺虎；

豺虎不食，

投畀有北；

有北不受，

投畀有昊！

这是狠露的了，然而不害其为一种深切的感情的表现。如果真有深厚的内容，就是直截流露的写出，也正不妨。古人说的"含蓄"，并不是不求人解的不露，乃是能透过一层，反觉得直说直叙不能达出诗人的本意，故不能不脱略枝节，超过细目，抓住了一个要害之点，另求一个"深入而浅出"的方法。故论诗的深度，有三个阶级：浅入而浅出者为下，深入而深出者胜之，深入而浅出者为上。静之的诗，这三个境界都曾经过。如前年做的《怎敢爱伊》：

我本很爱伊，——

十二分爱伊。

我心里虽爱伊，

面上却不敢爱伊。

我倘若爱了伊，

怎样安置伊？

他不许我爱伊，

我怎敢爱伊？

这自然是受了我早年的余毒，未免"浅入而浅出"的毛病。但同样标题，他去年另有一个写法：

愿你不要那般待我，

这是不得已的，

因你已被他霸占了。

我们别无什么，

只是光明磊落真诚恳挚的朋友；

但他总抱着无谓的疑团呢。

他不能了解我们，

这是怎样可怜的隔膜呀！

你给我的信——

里面还搁着你底真心——

已被他忌恨地撕破了。

……

他凶残地怨责你，

不许你对我诉衷曲，

他冷酷地刻薄我，

我实难堪这不幸的遭际呀！

因你已被他霸占了，

这是不得已的，

愿你不要那般待我——

一定的，

一定不要呀！（《非心愿的要求》）

这就是"深入而深出"的写法了。露是很露的，但这首诗究竟可算得一首赤裸裸的情诗。过了一年，他的见解似乎更进步了，他似乎能超过那笨重的事实了，所以他今年又换了一种写法：

我愿把人间的心，

一个个都聚拢来，

共总镕成了一个；

像月亮般挂在清的天上，

给大家看个明明白白。

我愿把人间的心，

一个个都聚拢来，

用仁爱的日光洗洁了；

重新送还给人们，

使误解从此消散了。(《我愿》)

这种写法，可以算是"深入而浅出"的了。我不知别人读此诗
作何感觉，但我读了此诗，觉得里面含着深刻的悲哀，觉得这
种诗是"诗人之诗"了。

静之的诗，也有一些诗我不爱读的。但是这本集子里确然
有很多的好诗。我很盼望国内读诗的人不要让脑中的成见埋没
了这本小册子。成见是人人都不能免的；也许有人觉得静之的
情诗有不道德的嫌疑，也许有人觉得一个青年人不应该做这种
呻吟宛转的情诗，也许有人嫌他的长诗太繁了，也许有人嫌他
的小诗太短了，也许有人不承认这些诗是诗。但是，我们应该
承认我们的成见是最容易错误的，道德的观念是容易变迁的，
诗的体裁是常常改换的，人的情感是有个性的区别的。况且我
们爱旧诗词影响深一点的人，戴上了旧眼镜来看新诗，更容易
陷入成见的错误。我自己常常承认是一个缠过脚的妇人，虽然
努力放脚，恐怕终究不能恢复那"天足"的原形了。我现在看
着这些彻底解放的少年诗人，就像一个缠过脚后来放脚的妇人
望着那些真正天足的女孩子们跳来跳去，忌在眼里，喜在心头。
他们给了我许多"烟士披里纯"，我是很感谢的。四五年前，我
们初做新诗的时候，我们对社会只要求一个自由尝试的权利；
现在这些少年新诗人对社会要求的也只是一个自由尝试的权利。
为社会的多方面的发达起见，我们对于一切文学的尝试者，美

术的尝试者，生活的尝试者，都应该承认他们的尝试的自由。这个态度，叫做容忍的态度（Tolerance）。容忍上加入研究的态度，便可到了解与尝试。社会进步的大阻力是冷酷的不容忍。静之自己也曾有一个很动人的呼告：

> 被损害的莺哥大诗人，
>
> 将要绝气的时候，
>
> 对着他底朋友哭告道：
>
> 牺牲了我不要紧的；
>
> 只愿诸君以后千万要防备那暴虐者
>
> 好好地奋发你们青年的花罢！（《被损害的》）

十一，六，六。胡适。

刘序

  中国几千年来的文学是太不人生的，而最近三四年来则有直趋于"太人生的"之倾向。近来躁急的批评者遇到描写自然之作，就唤之为"风云月露山光水色"之文章；看见叙述爱情之诗，即称之为"春花秋月哥哥妹妹"之滥调。其实风云月露哥哥妹妹都没有得罪世人；我们只须问诗人唱的好歹，不必到处考他唱的什么。而且自然的景色与爱神的翱翔，谁能见之而不凝睇？可以做的事又未必不可以唱吧？

  栖在枯树上的鸟儿，不能禁他有欢悦的鸣声；流于荒原中的溪水，不能禁他有琤琤琮琮的歌调；住在灰色街市中的人们，不能禁其奏管弦而弄箫鼓。固然现在的世界是污浊与罪恶的世界，其中值得人们血泪之事多，可以欢笑之事少；但是在他们洒过血泪之后，似乎也不妨有一两度欢笑吧。当他们清早出门为人间工作去时，我们是欢喜地立于门前相送，合十而祝其康乐耐劳；但当他们工作之后归来，我们也很愿意他们看看"山光水色"，唱唱"哥哥妹妹"呢！因为我们是为的善良的生活而生，义务与享乐皆所以"善"我们之生。若说我们只当工作，不应享乐，这一种宗教式的 Stoical 的人生观，实在不敢闻命！

  把相似的理由应用到文艺上来，似乎也不能说艺术派的文学没有存在的价值。

进一步说，固然人生的文学与艺术的文学之价值须因时代而分轻重。不过相对的轻重也很难定标准。也许农人之爱其门前的红叶甚于县长的铜印；而

"上帝爱一个懒惰的虹

不下于工作的海。"（Balhp Hodgson）

但是我说了这一大篇话竟不像是替人做序。然而我实在是替静之做序的。静之的诗以赞美自然歌咏爱情的居多；固然因为他的年岁与训练的时日的关系，他的作品在艺术方面不能算十分完善，然而批评者总不应因我偏于自然与爱情而下严辞，读者也不应受"太人生的"空气之传染而存偏见。否则先请他们回答我这篇"似非而是"的序。

刘延陵。

二二，七，一九二二，南通。

自序

花儿一番番地开，喜欢开就开了，哪顾得人们有没有鼻子去嗅？鸟儿一曲曲地唱，喜欢唱就唱了，哪顾得人们有没有耳朵去听？彩霞一阵阵地布，喜欢布就布了，哪顾得人们有没有眼睛去看？

婴儿"咿嘻咿嘻"地笑，"咕嗳咕嗳"地哭；我也像这般随意地放情地歌着：这只是一种浪动罢了。我极真诚地把"自我"溶化在我底诗里；我所要发泄的都从心底涌出，从笔尖跳下来之后，我就也慰安了，畅快了。我是为的"不得不"而做诗，我若不写出来，我就闷得发慌！

回想幼时在家乡，有亲爱的姊妹们每于清风徐徐的早晨的园里，闲静时家人团叙的厅前，或铺满银色月光的草地上，教我唱俗歌童谣的情景，尤令我神往。

我很惭愧，我底诗是这么幼稚，这么微弱，这么拙劣！但我有坚决的志愿，我要把灵魂的牢狱毁去！我只尽我所能，努力做着。

至于诗国里还有要把一切的作品揪入一个范围的蠢鲁的专制的事情，这也只能当作笑话罢。谁耐烦和他们费口舌！

去年五月间圣陶先生来信说起刊行诗集；我也觉得这种很

坏的成绩也许有报告的资格。诗集去年已编成，但直至今年离杭州以前的诗都加入了。集内除了另外注出作于何处的几些首以外，其余的都是旅居杭州两年间做的。

我借此处谢谢替此集做序的诸先生和写封面字的周作人先生，画封面的令涛君，题卷头语的蒹漪君。

一九二二，七，十五。

静之于吴淞，中国公学。

自序

　　本来以为这些诗今天没有再印的必要，后来听说是要作为"五四"新文学史资料而再印的，我才想到当作断砖碎瓦破骨残齿，供人参观，亦无不可。

　　《蕙的风》收的是1920—1922年的诗，1922年初版，曾重印五次。现在删弃三分之二，剩下51首。《寂寞的国》收的是1922—1925年的诗，1926年春季就已经打好了纸版，因故拖到1927年才出版，曾重印三次。现在删弃三分之一，剩下60首。这是淘汰过的两册诗集合印成一册，不是诗的选集。

　　现在照写作时间的先后重新编排，和原来的次序不同。《蕙的风》多数是自由体，押韵很随意，一首诗有几句有韵，有几句又无韵。又因不懂国语，押了很多方言韵。现在把漏了韵的补起，把方言韵改正了。为了押韵，字句上不得不有些改动，但不改动原诗的思想内容。《寂寞的国》几乎全是格律体，都是有韵的，现在改正了一些方言韵。《蕙的风》不知剪裁，有半数的诗都已重新删节；《寂寞的国》只有1923年的《独游》《垂杨柳》《秋夜怀友》《漂流到西湖》四首重新删节了。本拟用园丁整枝的办法，只剪枝，不接木，但有两首例外：《寂寞的国》里的《精卫公主》新添了末尾四句。《蕙的风》里的《题B底小影》原稿本来尚有末尾四句，当时因故抽掉了，现在仍旧还原，重新补上。

我小时学写的是旧诗，"五四"运动的第一年，开始读到《新青年》杂志上的新诗，觉得很新鲜，只读了几首的时候，就学写起来。当时有一种错误的想法，以为新诗是从外国学来的，是和旧诗根本不同的，因此错误地认为必须把学过的旧诗抛弃干净（事实上仍不免有一点影响），彻底向新诗特别是向翻译诗学习。但当时新诗很少，翻译诗更少，起初一本都没有，（后来在《蕙的风》出版之前一共只有五本新诗），只好在杂志上找些来读，学习资料少得可怜。我当时可说是没有师承，没有依傍，赤手空拳在一张白纸上胡说乱道，瞎碰瞎撞。没有学习过诗的艺术，没有用诗的武器装备起来，写出来的东西当然幼稚拙劣，不成其为诗。

《蕙的风》原稿在1921年鲁迅先生曾看过，有不少诗他曾略加修改，并在来信里指导我应该怎样努力，特别举出拜伦、雪莱、海涅三个人的诗要我学习。但那时三人的诗译成中文的一共不过几十首，其中我最爱的是海涅，只有十来首爱情诗，我又不通外国文字，因此有找不着师傅之苦。虽然只有十来首海涅的爱情诗，却给了我最大的影响。

最近读了新译的海涅的《诗歌集》，发现其中《日落》一诗和《蕙的风》中"太阳和月亮底情爱"一诗，同样把太阳和月亮比作一对恋人，设想颇有类似之处。因为《日落》一诗当时并未译成中文，所以有这偶然的巧合。

《蕙的风》是我十四岁到未满二十岁时写的。我那时是一个不识人情世故的青年，完全蒙昧懵懂。因为无知无识，没有顾忌，有话就瞎说，就有人以为真实；因为不懂诗的艺术，随意乱写，就有人以为自然；因为孩子气重，没有做作，说些蠢话，就有人以为天真；因为对古典诗歌学习很少，再加有意摆脱旧诗的影响，故意破坏旧诗的传统，标新立异，就有人以为清新。其实是思想浅薄，技巧拙劣。被封建道德礼教压迫了几千年的青年的心，被"五四"运动唤醒了，我就像被捆绑的人初解放出来一样，毫无拘束地，自由放肆地唱起来了。当时青年在反封建的潮流中，有自由恋爱的要求，因此我所写的诗爱情诗较多。符菉漪替《蕙的风》写的题辞"放情地唱呵"，正是我当时的写作态度。糟糕的是虽然要放情地唱，却因为没有艺术修养，不能尽情地表现。这本诗当时在青年中读者很多，因为是一个青年的呼声，青年人容易引起共鸣，写得太糟这一点，也就被原谅了。

朱自清先生曾在什么文章里说《蕙的风》当时对于旧礼教好像投掷了一枚炸弹。以诗论诗，《蕙的风》不过一颗小石子，决当不起"炸弹"的夸奖。古代农民暴动的时候，没有武器，就拿锄头钉耙代替，也能发生作用，与此相似，在"五四"运动的大潮流里，不过是一颗小石子的《蕙的风》，却发挥了比小石子本身更大些的作用。因此当时顽固派对这本诗曾表示震怒，而鲁迅先生曾给以反击。锄头钉耙尽管发挥过作用，仍旧不能算锋利的武器；《蕙的风》尽管发挥过作用，仍旧是坏诗。

写《寂寞的国》的时候，我已经稍有一点阅历，稍微懂一点世事，对于旧社会的庸俗丑恶，黑暗肮脏，处处看不顺眼，因而格格不入，落落寡合，因而寂寞苦闷以至悲观厌世，因而诅咒旧社会。

我写《蕙的风》时，看了《新青年》上的政论，也不懂。虽然曾写过一首《天亮之前》，表示欢迎革命，其实那时并无认识，不过天真地表现了一种倾向罢了。直到"五卅"运动那一年的秋天，应修人拿了《共产党宣言》等三本书给我看，我才好像瞎子睁开了眼一样，不像过去那样完全盲目糊涂了。我当时就写了《劳工歌》《破坏》等诗，对敌人表示了强烈的憎恶与仇视。

从那时起我就决定不再写爱情诗，不再歌唱个人的悲欢，准备学写革命诗。但我并没有真正认识真理，只是在感情上欢迎革命，没有在理论上理解革命，又没有斗争，无从感受到革命的脉搏，结果是革命诗写不出来，爱情诗又不愿再写，就这样搁了笔。这是我搁笔的主要原因。另外为了生活压迫，忙于教书，又钻进了故纸堆中，成了蛀书虫，也是搁笔的原因。

这是我学写新诗的失败史，可作为前车之鉴。

从这些诗可以看出我所用的诗的工具，粗笨的程度很像历史博物馆里陈列的原始人的石器。新诗应从古典诗歌的水平和世界水平继续前进，不能像我在"五四"时期那样从石器时代开始。

1957 年 4 月 9 日，于北京。

增订本序

1957 年人民文学出版社的新版本《蕙的风》出版后，有些人怪我把 1922 年的初版本删汰太多，劝我多选一些，现在增选四十一首。

自知是敝帚，从来不自珍。敝帚却得到鲁迅先生等诸位名家的偏爱，是因为在新诗初创时期，见了我的牙牙学语的幼稚可笑的蠢话，感到耳目一新，觉得有点新鲜风味。所以 1956 年鲁迅逝世二十周年纪念日，雪峰因为鲁迅先生对《蕙的风》的赏识，而决定要重新出版《蕙的风》。

1956 年我修改《蕙的风》时，自己决定：只删不增，就是只剪枝，不接木。可以删字句，删章节，但不增一句（增字是需要的）。只在字句上修改，决不提高原诗的思想水平。

《劳工歌》《破坏》等几首诗，是读了《共产党宣言》等三本书之后写的，表示了当时的思想水平，故一字不改。《天亮之前》是得知成立了"中国共产党"时写的，因原诗字句芜杂，故删去芜杂的句子，但不新增一句；字句上有修改，但不提高原作的思想水平。

1957 年人民文学出版社的新版本《蕙的风》只有一首未遵照"只剪枝，不接木"的规定，就是《精卫公主》的末尾接了木——

新增了四句。

现在这增订本仍旧遵守"只剪枝，不接木"的规定，但有几首诗各增加了一二句。《骷髅歌》本打算接木，结果是写了一首《新骷髅歌》附在后面。

增订本完全照写作初稿的先后次序排列，1957 年有几首照修改时的先后排列，现在改正。

增订本注明赠某人忆某人的名字，作为纪念。蓉漪是我一生的伴侣符竹因的别字。珮声姓曹。D 与 H 是人名拼音的第一个字母。珮的拼音第一个字母是 P，写作的当时故意用 B，珮声的丈夫姓胡，当时故意用"伍"，有所忌也。现在为真名真姓（珮声与胡家）。

1988 年 4 月 12 日，杭州。

第一辑

蕙的风①

是那里吹来

这蕙花的风——

温馨的蕙花的风？②

蕙花深锁在园里③，

伊④满怀着幽怨。

伊底⑤幽香潜出⑥园外，

去招伊所爱的蝶儿。⑦

雅洁的蝶儿，⑧

薰在蕙风里：⑨

---

① 此诗发表于《诗》1922年第1卷第1期，第27—28页。1992年版增加副标题"（回忆H）"，H指傅慧贞。2006年版除修改几处标点符号外，基本与初版本相同。

②1957年版、1992年版删去以上三句。

③1957年版、1992年版"园里"为"花园"。

④1957年版、1992年版删去"伊"。

⑤ 初刊本全诗"底"均为"的"；1957年版、1992年版删去"伊底"。

⑥1957年版、1992年版此处有"了"。

⑦1957年版、1992年版删去此句。

⑧1957年版、1992年版此句为"园外的蝴蝶，"；2006年版删去"，"。

⑨1957年版、1992年版此句与以下两句合为一句"在蕙花风里陶醉。"；2006年版"："为"；"。

他陶醉了；①
想去寻着伊呢。

他②怎么③寻得到被禁锢的伊呢④？
他只迷在伊底风里，⑤
隐忍着这悲惨然而甜蜜的伤心，⑥
醺醺地翩翩地飞着。

　　　　　　　　（一九二一，九，三。）⑦

————————————

　① 2006 年版"；"为"，"。
　② 1957 年版、1992 年版"他"为"它"。
　③ 1957 年版、1992 年版删去"么"。
　④ 1957 年版、1992 年版"伊呢"为"蕙"。
　⑤ 1957 年版、1992 年版此句为"它迷在熏风里，"。
　⑥ 初刊本无"这"和"然"；1957 年版、1992 年版此句及下一句合为一句"甜蜜而伤心，翩翩地飞。"；
2006 年版"？"为"，"。
　⑦ 初刊本写作时间为"一九二一，九，三，于杭州第一师校。"；1957 年版为"1921 年 9 月 3 日。"；
1992 年版为"1921 年 9 月 3 日"。

定情花①

伊② 开了一朵定情花，
由伊③ 底眼光赠给我；④
我将⑤ 我底心当做花园，
郑重把伊供养着⑥。

用我底爱泪洒伊⑦，
用我底情热暖伊⑧，
用我底歌声护伊；⑨
于是伊更美丽了。⑩

---

① 此诗发表于《诗》1922 年第 1 卷第 3 期，第 60—61 页。初刊本全诗"底"均为"的"，且每节第一句开头缩进两字，但全诗不空行。2006 年版全诗"底"均为"的"。1992 年版增加副标题"（回忆一年前，赠篆漪）"。
②1957 年版、1992 年版"伊"为"她"。
③1957 年版、1992 年版"伊"为"她"。
④1957 年版"；"为"。"。
⑤1957 年版、1992 年版"将"为"把"。
⑥ 初刊本"郑重"后有"地"；1957 年版、1992 年版"把伊供养着"为"地供养着花朵"。
⑦1957 年版、1992 年版"爱泪洒伊"为"热情暖她"。
⑧1957 年版、1992 年版"热情暖伊"为"爱泪洒她"。
⑨1957 年版、1992 年版"护伊；"为"卫护她，"。
⑩1957 年版、1992 年版此句为"她便更美丽地开花。"。

我们底

无限的生命，①

借此互相了解着，

互相慰安着。②

只是罪恶世界伤了我底心，

枯了我底爱泉③

冷了我底情炉④，

哑了我底歌喉⑤。

神呵，赐我些罢⑥——

爱泪⑦情热和歌声呵！

不然，伊若是萎了，

我们将从此消灭呀！⑧

（一九二一，十一，十七，在一师校第二厕所。）⑨

---

①2006年版删去"，"。

②1957年版、1992年版删去此句及以上三句。

③初刊本"泉"为"泪"；1957年版、1992年版句末增加"，"。

④初刊本"炉"为"热"；1957年版、1992年版"炉"为"火"。

⑤初刊本"喉"为"声"；1957年版、1992年版"炉"为"赞"。

⑥2006年版"罢"为"吧"。

⑦2006年版此处有"、"。

⑧1957年版、1992年版删去以上四句。

⑨初刊本写作时间为"一九二一年十一月二十七日，于杭州一师。"；1957年版为"1921年11月17日。"；1992年版为"1921年11月17日"。

竹影①

窗外清清的竹②，

映进淡淡的影③，

④ 幽幽地贴在我手上，

密密地荡漾着⑤我底⑥情思；

从⑦我沉闷的心头⑧，

浪动着闲适的诗趣。⑨

我⑩吻了吻手上的影，⑪

笑了笑和蔼的笑。⑫

---

① 此诗发表于《诗》1922年第1卷第2期，第62—63页。1992年版增加副标题"（回忆，赠簟漪）"。1957年版、1992年版将此诗三节合为一节。2006年版全诗"底"均为"的"，其余与初版本相同。

②1957年版、1992年版"清清的竹"为"清雅的翠竹"。

③1957年版、1992年版此处有"子"。

④1957年版、1992年版此处增加"静"。

⑤1957年版、1992年版删去"密密地"，"着"为"起"，且句末标点为"。"。

⑥初刊本"底"为"的"。

⑦1957年版、1992年版删去"从"。

⑧1957年版、1992年版"心头"为"心头晴朗了"。

⑨1957年版、1992年版删去此句。

⑩1957年版、1992年版删去"我"。

⑪1957年版、1992年版"，"为"子。"。

⑫1957年版、1992年版删去此句。

我默默地静着，①

很不愿离开，②

也不忍离开。

太阳不惜别地跑去，③

影儿④微微地颤也⑤颤。

太阳没了，⑥

影儿也没了。

我⑦依依恋恋地，⑧

以为⑨伊⑩还在手上；

我不能自已地亲吻伊，⑪

在永久的黑暗里。⑫

（一九二二，一，二。）⑬

---

①1957年版、1992年版删去此句。

②1957年版、1992年版此句及下一句合为一句"我不愿影子离开，"。

③1957年版、1992年版删去此句。

④1957年版、1992年版"儿"为"子"。

⑤1957年版、1992年版"也"为"呀"。

⑥1957年版、1992年版此句及下一句合为"太阳没了，影儿也没了，"。

⑦1957年版、1992年版此处有"还在"。

⑧1957年版、1992年版"地，"为"。"。

⑨1957年版、1992年版"以为"为"我以为"。

⑩初刊本"伊"为"他"；1957年版、1992年版"伊"为"影子"，且"；"为"，"。

⑪初刊本"伊"为"她"；1957年版、1992年版删去此句。

⑫初刊本"黑暗"为"黑夜"；1957年版、1992年版此句为"谁知已消灭于黑暗。"。

⑬初刊本无括号。1957年版写作时间为"1922年1月2日。"；1992年版为"1922年1月2日"。

我俩 ①

我俩幼小的时候，②

在家乡同学，

无上地相亲相爱；

无论悲忧欢乐，

我的就是你的，你的就是我的。

我们游戏时，

或捉迷藏或打球，

我总卫护你，

你总帮助我。

我俩完全一气，

我俩底 ③ 心已凝结成一个了。

我每每乘无人看见，④

---

① 1957 年版此诗仅节录最后一节，标题为《一江泪》。1992 年版增加副标题"收到珮声回乡时来信"。

② 2006 年版删去","。

③ 2006 年版全诗"底"均为"的"。

④ 2006 年版删去","。

偷与你亲吻，

你羞答答地

很轻松很软和地打我一个嘴巴，

又摸摸被打的地方，赔罪说：

"没有打痛罢[①]？"

你那温柔的情意，

使我真个舒服呵！

有时候你懊恼了，

故意不利害[②]地骂着我，

我必低声安慰你：[③]

替你理头发，

替你揩眼泪。

我觉得你底发如情丝，

你底泪如爱露。

我生平最不能忘的一次——

我年十五你十三，——

你底姆妈微笑对你说：

"我底娇娇，

①2006年版"罢"为"吧"。

②2006年版"利害"为"厉害"。

③2006年版"："为","。

今夜和哥哥同睡罢^①。"

那时你还不懂得什么，

我俩只互相爱着罢了。

那夜的亲吻异样甜蜜——

到于今还甜蜜——

哦！到死后还甜蜜呵！

爹妈替我们议婚，

据瞎算命的说，

又是八字不对，

又是生肖不合，

于是我们失望了：

我底爹妈替我定了我不爱的伊；^②

你底爹妈替你许了你不爱的他。

现在我孤旅在西湖，

归家会见你，

不能与你亲热了；

要讲些做作的礼节，

不能像从前那样不避嫌疑了。

回想起来，

多么悲伤呀！

①2006年版"罢"为"吧"。
②2006年版"；"为"，"。

你来信凄惨地说：
"我俩不能实现前约了！
我愿为你终身不嫁，
去做尼姑修修行，
来世再与你成双罢^①。"
我虽不赞成你底主张，
但是无法，只好忍着了！

我常走到之江边：
江水怎会这样多呢？
我尝尝他底滋味，
知道这是你寄给我的泪了。
你底泪不像蜜糖那般甜，
只像黄连那般苦！
我尽量饮你底泪，
你底泪就深深吻着我底心。
我看着水中的鱼儿，
羡慕他们两两双双地，
我愿和你变成一对比目鱼，
自自在在地游嬉。

①2006年版"罢"为"吧"。

但是，仅仅一个愿望罢了！

（一九二一，十二，二六。）①

---

①1957 年版写作时间为"1921 年 12 月 26 日。"；1992 年版为"1921 年 1 月作，1921 年 12 月 26 日修改。"；1957 年版及 1992 年节录版为：

我尝尝江水底滋味，
知道这是你寄给我的泪。
你底泪不像蜜糖那般甜，
只像黄连般苦，还带些伤悲。
我羡慕水中的鱼儿，
两两双双地，多美！
我愿和你变成一对比目鱼，
一江泪都会变成甜水！

愉快之歌 ①

宇宙万有都被

冷酷的黑夜封锁着了。

带些寒意的凉风，

续续地吹来，

但总冷不了我热烈的情焰呵！

园底这边有美丽的花，

已被夜幕锁闭不能看见了；

但是温馨的花香，

---

①1957 年版、1992 年版此诗标题为《愉快的歌》，1992 年版增加副标题"（赠篆漪）"。2006 年版全诗"底"均为"的"。1957 年版及 1992 年节录版为：

愉快的歌

她唱得怎样地宛转柔嫩！
她底歌拥抱了我底心灵。
我浸入歌声沐浴游泳。
我的一切苦恼忧郁
都被她底歌声洗净。
我全体的神经纤维，
都流畅着生之乐趣！
优美快乐的声波，
充满了天宇。
空中那颗颗天星也微笑相和。

1921 年 8 月 29 日

却依然护着我。

呵！只有那窗内亮着灯光，

我可以看见——

看见伊坐在伊母亲身旁。

——伊把我底眼睛捉住了。

他们却不允许我，

逼我底眼睛脱离了伊。

呵！伊香甜的歌声

由窗里泻出了：

"爱人呵！

我用诗的网将你擒住，

藏在我底情海里了，

我们相恋于诗的爱里呵！

哦！薇娜丝，（注）

恳挚地谢谢你——

谢谢你赐给我俩的惠爱：

我俩流心府的感泪，

给你做谢礼罢。

我俩弹心琴的音乐，

给你做谢礼罢。

我俩唱愉快之歌呵！

唱呵！唱呵！

愉快地唱呵！"

伊唱得怎样地宛转柔嫩呵！

伊底歌拥抱着我底心灵，

我浸入歌声沐浴着。

我苦恼忧郁的一切，

都被伊底歌声洗净了。

我全体的神经纤维，

都活流着生之乐趣呵！

优美，和爱，快乐的声波，

充满着天宇了，

空中那一颗星也听得微笑了。

我不自禁地就乘兴和着伊——

"爱人呵！

我用诗的网将你擒住，

藏在我底情海里了，

我们相恋于诗的爱里呵！

哦！薇娜丝，

恳挚地谢谢你——

谢谢你赐给我俩的惠爱：

我俩流心府的感泪，

给你做谢礼罢。

我俩弹心琴的音乐，①

---

① 2006 年版删去"，"。

给你做谢礼罢；①

我俩唱愉快之歌呵！

唱呵！唱呵！

愉快地唱呵！"

我俩又合奏着"关雎"，

合奏着"早晚的情人"；②

我底歌吻着伊，

伊底歌吻着我，

歌得一切都融合，

我和伊底灵魂也融合了，——

伊融在了我里，

我融在了伊里。

呀！伊屋内的灯光熄了，

伊的窗门关闭了，

爹妈不许伊再唱了。

虽然灯光熄了，

我俩底心之光却还烧着亮着在呵！

窗门总隔不断精神的交通哪。

我俩终是神爱的蜜侣呢！

我俩只得唱着只容心悟不容耳听的歌——

①2006年版"；"为"。"。
②2006年版"；"为"。"。

伊唱着，我和着——

"爱人呵！

我用诗的网将你擒住，

藏在我底情海里了，

我们相恋于诗的爱里呵！

哦！薇娜丝，

恳挚地谢谢你——

谢谢你赐给我俩的惠爱：

我俩流心府的感泪，①

给你做谢礼罢。

我俩弹心琴的音乐，

给你做谢礼罢。

我俩唱愉快之歌呵！②

唱呵！唱呵！

愉快地唱呵！"

注：Venus③

（一九二一，八，二九。）④

---

① 2006 年版删去"，"。
② 2006 年版删去此句后面的两句。
③ 1957 年版、1992 年版删去此注。
④ 1957 年版写作时间为"1921 年 8 月 29 日。"；1992 年版为"1921 年 8 月 29 日"。

谢绝①

伊②底③情丝和我的，

织成快乐的幕了；④

把它当遮栏⑤，

谢绝⑥人间的苦恼。

（一九二一，十二，八。）⑦

---

① 此诗发表于《诗》1922 年第 1 卷第 2 期，第 61—62 页。1957 年版此诗与《贞节坊》《眼睛》《醒后》《希望》《祷告》合为《小诗六首》。1992 年版增加副标题"（赠篆漪）"。

② 1957 年版、1992 年版"伊"为"她"。

③ 初刊本"底"为"的"。

④ 1957 年版、1992 年版"幕了；"为"帐幕一套，"。

⑤ 初刊本此句为"把他做遮栏"；1957 年版、1992 年版、2006 年版"栏"为"拦"。

⑥ 1957 年版、1992 年版此处有"丑恶"。

⑦ 初刊本无括号。1957 年版写作时间为"1921 年 12 月 8 日。"；1992 年版为"1921 年 12 月 8 日"。

海滨 ①

数不尽的淡黄砂，

平斜斜地摊 ② 着。

我在砂上踱着，

砂在我底脚背上松松地盖着。③

我把伊们 ④ 当被褥，

躺着， ⑤ 想睡不睡地装睡着 ⑥。

砂儿细软如"砂 ⑦ 发" ⑧

我睡得说不出地 ⑨ 舒服。

哦！我是睡在自然之 ⑩ 慈母底摇篮里，

---

① 此诗发表于《新潮》1921 年第 3 卷第 1 期，第 96—97 页。初刊本全诗"砂"均为"沙"，"底"均为"的"。2006 年版全诗"砂"均为"沙"。

② 初刊本"摊"为"堆"。

③ 1957 年版、1992 年版删去此句及以上部分。

④ 初刊本"伊们"为"他们"；1957 年版、1992 年版"伊们"为"松松的砂"。

⑤ 1957 年版、1992 年版删去"躺着，"。

⑥ 初刊本"地"为"的"；1957 年版、1992 年版"装睡着"为"躺着"。

⑦ 1957 年版、1992 年版"砂"为"沙"，并在句末增加","。

⑧ 初刊本句末有"（Sofa）,"。

⑨ 初刊本"地"为"的"。

⑩ 1957 年版、1992 年版删去"之"。

伊 ① 还唱着睡眠之歌慰我安睡呢！ ②

听呀！ ③

溅溅潺潺澎澎湃湃和和曶曶极复杂的浪声洋
洋地装满了我底耳鼓了 ④——那 ⑤ 不是自然底美妙
的音乐？ ⑥

砂上有美丽的石块 ⑦ 与螺壳，

我弄着伊 ⑧ 们游戏 ⑨ 。

望去水天一片，

谁也 ⑩ 分不出那是天那是水 ⑪ 。

涌——涌——涌—— ⑫

海浪一阵阵起起伏伏地涌着又退着。 ⑬

太阳要归去了；

---

① 初刊本、1957 年版、1992 年版 "伊" 为 "她"。

②1957 年版、1992 年版 "慰我安睡呢！" 为 "安慰我。"。

③ 初刊本 "呀" 为 "呵"。

④1957 年版、1992 年版前半句为 "浪声洋洋地装满了我底耳鼓，"。

⑤1957 年版、1992 年版 "那" 为 "这"。

⑥ 初刊本 "——" 为 "，"，且无 "的"。

⑦1957 年版、1992 年版 "石块" 为 "卵石"。

⑧ 初刊本 "伊" 为 "她"；1957 年、1992 年、2006 年版 "伊" 为 "它"。

⑨1957 年版、1992 年版此处有 "，玩味"。

⑩1957 年版、1992 年版删去 "谁也"。

⑪1992 年版此句中的 "那" 均为 "哪"。

⑫1957 年版、1992 年版删去此句。

⑬1957 年版、1992 年版删改此句为：

海浪起起伏伏地

一阵阵涌来，一阵阵后退。

云没有遮住他时，①

他还用② 红橙橙的脸儿③ 回头瞧着④。

他想捉住浪头⑤，

但是终于捉不住哟！⑥

浪儿张开他底手腕，⑦

一叠一叠滚滚地拥挤着，⑧

搂着砂儿怪⑨ 亲密地吻着⑩。

刚刚吻了一下，

却被风推他回去了⑪。

他不忍⑫ 去而去，⑬

似乎怒吼起来了。⑭

呀！他又刚愎愎地势汹汹地起来了！⑮

---

① 1957年版、1992年版删去此句。

② 1957年版、1992年版删去"他还用"。

③ 1957年版、1992年版此处有"还在"。

④ 初刊本此句与上一句合为一句。1957年版、1992年版删去"着"。

⑤ 1957年版、1992年版"头"为"花"。

⑥ 1957年版、1992年版"住哟！"为"到。"。

⑦ 1957年版、1992年版"儿"为"花"；2006年版"底"为"的"。

⑧ 1957年版此句为"一送一送地拥挤着向前滚，"；1992年版此句为"一叠一叠地拥挤着向前滚，"。

⑨ 1957年版、1992年版"砂儿怪"为"礁石"。

⑩ 1957年版、1992年版删去"着"。

⑪ 1957年版、1992年版"回去了"为"回头"。

⑫ 1957年版、1992年版"忍"为"愿"。

⑬ 初刊本无"，"。

⑭ 1957年版、1992年版此句为"似乎发出了怒吼。"。

⑮ 初刊本"起来"为"赶来"；1957年版、1992年版此句为"呀！他又汹涌地赶来了！"；2006年版"汹汹"为"汹汹"。

他抱着那靠近砂边的小石塔，①

更亲密地用力接吻了。②

他爬上那小石塔③了。④

雪花似的浪花碎了，⑤——喷散着。⑥

笑了，他⑦快乐得大声笑了。

但是⑧风又把他推回去了。

海浪呀！⑨

你歇歇罢⑩！

你已经留给伊了——

你底爱的痕迹统统留给伊了。

你如此永续地⑪忙着，

也不觉得倦么？

（二一，四，二四，午后四时　于舟山群岛之普陀岛。）⑫

———————————

① 初刊本无"小"；1957年版、1992年版此句为"他把那礁石拥抱。"。

②1957年版、1992年版删去此句。

③1957年版、1992年版"小石塔"为"礁石"。

④ 初刊本此句为"他爬上那多角形的灰色小石塔了。"。

⑤ 初刊本无"，"。

⑥1957年版、1992年版此句为"白雪似的浪花笑了，"；2006年版无"——"。

⑦1957年版、1992年版删去"笑了，他"。

⑧1957年版、1992年版删去"但是"。

⑨1957年版、1992年版删改此句至诗末所有内容为：

海浪不觉得倦，

永远是向前滚向前跑。

⑩2006年版"罢"为"吧"。

⑪ 初刊本"地"为"的"。

⑫ 初刊本无括号。1957年、1992年版写作时间为"1921年4月24日，于舟山群岛之普陀岛"。

过伊家门外①

我冒犯了人们的指摘，

一步一回头地瞟我意中人；②

我怎样欣慰而胆寒呵。

（一九二二，一，八。）

---

① 此诗发表于《晨报副刊》1922年3月4日，第3页，标题为《短诗》，共有六首，从第十一首
至第十六首，此诗为其中第十一首。1957年版、1992年版删去此诗。
② 初刊本";"为","。

忠爱①

我曾允许赠那小姑娘一朵夜合花，
今天特意带了花去找伊；
岂料我要找的人已无踪影了，
另外一位小姑娘几番向我讨，
但我终于不愿给与伊；
我硬起心肠任我底②花萎了！

（一九二二，四，二三，于湖州。）

---

① 1957 年版、1992 年版删去此诗。
② 2006 年版"底"为"的"。

伊底眼 ①

伊底眼 ② 是温暖的太阳；

不然，何以伊一望着我，

我受了冻的心就热了呢 ③？

伊底眼是解结的剪刀；

不然，何以伊一瞧着我，

我被铙铐的灵魂就自由了呢？ ④

伊底眼是快乐的钥匙；

不然，何以伊一瞅着我，

我就住在乐园里了呢？ ⑤

---

① 1957 年版此诗标题为《她底眼睛》。1992 年版标题为《篆漪底眼睛》，并增加副题 "（赠篆漪）"。2006 年版全诗 "底" 均为 "的"。

② 1957 年版、1992 年版全诗 "伊" 均为 "她"，"伊底眼" 均为 "她底眼睛"。

③ 1957 年版、1992 年版 "热了呢" 为 "会暖洋洋"。

④ 1957 年版、1992 年版此句为 "我的灵魂就解除了镣铐？"。

⑤ 1957 年版、1992 年版此句为 "我就过着乐园里的日子？"。

伊底眼^① 变成忧愁的引火线了^②；

不然，何以伊一盯着我，

我就沉溺在愁海里了呢？^③

（一九二二，六，四。）^④

---

①1957年版、1992年版此处有"已"。

②1957年版、1992年版删去"了"。

③1957年版、1992年版此句为"我就沉溺在忧愁的深渊？"。

④1957年版写作时间为"1922年6月4日"；1992年版为"1922.6.4，偕竹游西湖后作。"

太阳和月亮的^①情爱

从前太阳和月亮极亲爱，

他俩赤条条地一块儿游嬉。^②

人们用恶意的眼劣视他俩，^③

谩骂他俩^④怎样淫秽。

月亮非常害羞，

伊娇嫩的心^⑤受不起这般侮辱，

伊忍心和伊至爱的情郎分别了。^⑥

太阳失了伊^⑦就发狂了^⑧：

他恨极了，愤怒地射着，^⑨

---

①1957年版、1992年版此诗标题中"的"为"底"。1992年版增加副标题"（赠篆漪）"。

②1957年版、1992年版此句为"晚上同落，白天一块儿飞。"。

③1957年版、1992年版此句为"人们恶意地鄙视他们，"。

④1957年版、1992年版"俩"为"们"。

⑤1957年版、1992年版删去"伊娇嫩的心"。

⑥1957年版、1992年版此句为"就和她至爱的情郎分别，"且另起一行增加"不再和太阳双飞双宿。"。

⑦1957年版、1992年版"伊"为"月亮"。

⑧1957年版、1992年版"发狂了"为"发了狂"。

⑨1957年版、1992年版删改此句及以下所有部分为：

喷射着愤怒的火光。　　　月亮是悲凉而忧郁。

太阳追赶，月亮奔逃，　　姑娘，我是那追赶你的太阳，

终久不能相遇。　　　　　愿你莫学那奔逃的月亮。

太阳是烦恼心焦暴躁，

想把人们底眼睛射瞎，

——无奈办不到呵。

于今他俩想相会，

只顾他仍旧同伴快乐。

他追赶伊，

伊追赶他，

终久不能相遇。

他烦恼着焦燥①着。

伊虽然锁定着伊幽娴的神态，

但悲凉的忧怨总是

雾气似地迷满了天宇。

他俩底伤心，

无限的伤心呵！

（一九二二，六，二。）②

---

① 2006年版"燥"为"躁"。

② 1957年版写作时间为"1922年6月2日。"；1992年为"1922年6月2日"。

换心①

伊智慧的眼波逗溜着觑我，

伊要我猜猜伊底眼做的什么意思。②

"叫我替你拟③头发么？"

伊④抿嘴笑着摇摇头。

"叫我拥抱你，接吻你么？⑤

叫我替你撷勿忘草⑥么？

叫我去……"⑦

伊开怀地抢着摇手说，⑧

"都不是，都不是。"⑨

"那么命令我做什么呢？

---

①1957年版删去此诗。1992年版增加副标题"（赠篆漪）"，且写作时间为"1922.6.4，偕竹游西湖后作。"2006年版全诗"底"均为"的"。

②1992年版删改此句及上一句为：
她要我猜她眼睛里的意思，
智慧的眼睛在我脸上逗留。

③1992年版"拟"为"整一整"。

④1992年版"伊"为"她"。

⑤1992年版删去此句。

⑥1992年版"草"为"我"。

⑦1992年版删去此句。

⑧1992年版此句为"她开怀地摇摇手。"

⑨1992年版删去此句。

我没你那般能干会猜呵！"①

伊笑得不可遏止，②

忸怩地伏③在我胸前，

双手箍着我底颈④，

晶莹的眼看进我底眼说⑤：

"要你和我换一颗心呵⑥！"

（一九二二，六，四）

---

①1992年版此句为"你心中酿的是什么酒？"。

②1992年版此句为"她含着笑，忍俊不禁，"。

③1992年版"伏"为"贴"。

④1992年版"底颈"为"的头颈"。

⑤1992年版"我底眼说"为"我的眼睛"。

⑥1992年版"换一颗心呵"为"交换一颗心"。

只得①

话锋又谈到我俩自身了：②

伊百无聊赖③的眼光疑难地看着我，

和我底眼光接着亲热了一回，④

又忸怩⑤地低下视线去⑥。

沉默了一会伊无望的声调说：⑦

"我吗？我只得……⑧

唉！你将见我做伍家的鬼！"⑨

酸苦的泪比话先流了。⑩

　　　　　　　　（一九一二，六，十一。）⑪

───────────

①1957年版删去此诗。1992年版标题为《胡家的鬼》，并增加副标题"（赠珮声）"。

②1992年版此句后面另起一行增加"次次谈到都心碎。"。

③1992年版"伊百无聊赖"为"无计可施"。

④1992年版此句为"她苦思地皱着眉，"。

⑤1992年版"忸怩"为"无可奈何"。

⑥1992年版删去"去"。

⑦1992年版此句拆分删改为两句：

沉默了一会，

她无望的声调说：

⑧1992年版"得……"为"好……唉！"。

⑨1992年版删去"唉！"，且"伍家"为"胡家"。（按：珮声于1919年奉母亲之命嫁给胡冠英。作此诗时，作者因避讳而以"伍"代"胡"。）

⑩1992年版此句为"比话先流出心酸的泪。"。

⑪1992年版写作时间为"1921.6.11"。

一对恋人 ①

"我们靠同心相爱生活着 ② ,

世态却击碎 ③ 我们底心了 ④ 。

迫得我们绝了前路,

万千热望都沉埋了 ⑤ 。

悲苦的泪呀!

情爱的泉呀! ⑥

怎不像 ⑦ 江河般汹涌,

把满眼的罪恶洗 ⑧ 个干净? "

悬崖绝壁间一对恋人,

这么凄怆地哀吟。

一个婉淑的少女,

---

① 1992 年版增加副标题"(赠篆溃)"。
② 1957 年版、1992 年版"生活着"为"而生活"。
③ 1957 年版、1992 年版此处有"了"。
④ 1957 年版、1992 年版删去"了";2006 年版"底"为"的"。
⑤ 1957 年版、1992 年版"沉埋了"为"已沉沦"。
⑥ 1957 年版、1992 年版删去此句。
⑦ 1957 年版"像"为"象"。
⑧ 1957 年版、1992 年版"洗"为"冲"。

一个英俊的壮丁。

他们精赤着身体，①

亲亲切切地厮并。

既不愿退回山脚，

又不能跃上山巅。②

呀！他们身旁的毒蛇恶兽张口了③，

叫他们怎能够逃生？

他们用力地④紧紧抱着，

尽情地⑤做了最后的接吻，

恋恋地向四方看看，⑥

无可奈何地互搂着堕下山谷了。⑦

犹有袅袅的末路的哀声：⑧

"世界呵！请原谅罢⑨，

无奈不能再尽我们底责任！"

附言：修人爱我爱他底精美的西洋书册，他就把他爱

---

①1957年版、1992年版删去此句及以下三句。

②2006年版"踏上山巅"为"跃上山巅"。

③1957年版、1992年版"张口了"为"张了口"。

④1957年版、1992年版删去"用力地"。

⑤1957年版、1992年版删去"尽情地"。

⑥1957年版、1992年版删去此句。

⑦1957年版、1992年版此句为"无可奈何地跳下了山坑。"

⑧1957年版、1992年版删去此句及以下所有部分。

⑨2006年版"罢"为"吧"。

的给我爱了。有几帧令我深思，其中一帧的深思的结果就
是这首诗。①

（一九二二，四，一四。）②

---

①1957 年版、1992 年版为"附言：我爱修人珍藏的画册，他就把所爱的送给我了。我为其中一帧
题了这首诗。"

②1957 年版写作时间为"1922 年 4 月 14 日。"；1992 年版为"1922 年 4 月 14 日"。

互赠 ①

小鸟宛转转林中在唱，②

"新人钟"红灼灼山上在开。③

惠风扶送着我们，④

沿湾曲曲的草路游上去。⑤

你在山花里撷⑥了一根相思草，

你盛你底⑦爱在伊⑧里面，

笑着把伊⑨赠给我，

虔诚地插伊我肩上；⑩

---

①1957年版删去此诗。1992年版标题为《最美满的情缘》，并增加副标题"（赠篆清）"，写作时间为"1922.4.2，偕竹游西湖后作。"

②1992年版此句为"小鸟婉转地在林中歌唱，"。

③1992年版此句为"红灼灼的杜鹃花映红了山。"。

④1992年版"扶送着我们"为"迎送着我俩"。

⑤1992年版此句为"沿着弯曲的草路游览"，且此句及以上部分为第一节。

⑥1992年版"撷"为"采"。

⑦1992年版、2006年版"底"为"的"。

⑧1992年版"伊"为"相思草"。

⑨1992年版"伊"为"相思草"。

⑩1992年版"插伊我肩上；"为"插在我的纽扣眼。"，且此句及以上三句为第二节，此句以下部分则为第三节。

我极情愿地心领了，①

我觉得真荣幸呵！

我会把我底②情爱赠给人们，

但人们都不懂得收受呵；

于今和盘赠给你，

想你也很欢喜的，

你请受了罢③。

（一九二二，四，二。）

注：我们绩溪俗语，叫"踯躅花"为"新人钟"。④

---

①1992年版删改此句及以下所有部分为：

我曾把爱情赠给姑娘们，

她们都不领情，原璧归还。

我采了勿忘我赠给你，

和你结下最美满的情缘。

②2006年版"底"为"的"。

③2006年版"罢"为"吧"。

④1992年版删去此注。

非心愿的要求 ①

　　愿你不要那般待我，

　　这是不得已的，

　　因你已被他霸占了。

　　我们别无什么，

　　只是光明磊落真诚恳挚的朋友；

　　但他总抱着无谓的疑团呢。

　　他不能了解我们，

---

①1957年版、1992年版此诗标题为《你已被他霸占》，且1992年版还增加副标题"（赠珮声）"。因1957年版改动较大，此处附上1957年版全诗。1957年版本中"好象把我底心灵撕破"在1992年版中为"好像把我底心撕破"，其余部分两版相同。

因为你已被他霸占，

我们不能再做朋友。

我们虽是光明磊落，

但他总抱着无谓的疑团。

你给我的信和照片，

已被他妒恨地撕破。

他撕着照片上的神仙，

好象把我底心灵撕破。

他凶残地把你怨，

他又冷酷地对付我，

这不幸的遭际实难堪！

因为你已被他霸占。

　　1921年芙蓉蓁时，于西湖初阳台。

这是怎样可憎的隔膜呀！

你给我的信——

里面还搁着你底① 真心——

已被他妒恨地撕破了，

你送入我底心灵的

哭出来，诉出来，②

不知所以然地出来的

你底厌世之悲声，③

把我沉溺在凄凉里了。

他凶残地怨责你，

不许你对我诉衷曲，

他冷酷地刻薄我，

我实难堪这不幸的遭际呀！

因你已被他霸占了，

这是不得已的，

愿你不要那般待我——

一定的，

一定不要呀！

（一九二一，芙蓉萎时，于西湖，初阳台。）④

---

① 2006 年版全诗"底"均为"的"。

② 2006 年版"，"为"、"。

③ 2006 年版无"，"。

④ 1957 年版、1992 年版写作时间均为"1921 年芙蓉萎时，于西湖初阳台。"。

祷告①

我每夜临睡时②，

跪③向挂在帐上的"白莲图"④说：

白莲姊姊呵！⑤

当我梦中和我底⑥爱人欢会时⑦，

请你吐些清香薰着我俩罢。⑧

（二一，十一，廿二，于枕上。）⑨

---

①此诗发表于《诗》1922年第1卷第1期，第29页。1957年版此诗与《贞节坊》《眼睛》《醒后》《希望》《谢绝》合为《小诗六首》。1992年版此诗与《慰盲诗人》《芭蕉姑娘》合为《小诗三首》。1992年版增加副标题"（赠篆漪）"。

②初刊本"临睡时"为"将睡的时候"；1957年版、1992年版删去"时"。

③1957年版、1992年版"跪"为"要"。

④初刊本、1957年版、1992年版无双引号。

⑤初刊本"呵！"为"啊，"；1957年版、1992年版删去此句；2006年版"姊姊"为"姐姐"。

⑥初刊本"梦中"为"梦里"，且无"底"；1957年版、1992年版删去"我底"；2006年版"底"为"的"。

⑦1957年版、1992年版"欢会时"为"相会"。

⑧1957年版、1992年版此句为"请你吐清香把我俩薰醉。"；2006年版"罢"为"吧"。

⑨初刊本写作时间为"二一，一一，二二，夜，于枕上。"；1957年版、1992年版为"1921年11月22日，于枕上。"。

七月的风 ①

软温温的七月风，②

流洗了我底心灵，③

吹动了我底心弦，

激起了我底心波。

但是，——

可曾流洗了你底心灵？

可曾吹动了你底心弦？

可曾激起了你底心波④？

我唱的情歌，⑤

你底心谅该听得懂罢⑥？

只是你勿再⑦硬要关闭了你底心花呵⑧！

---

① 此诗发表于《小说月报》1922年第13卷第4期，第78页。初刊本、2006年版全诗"底"均为"的"。

② 初刊本此句为"七月的风"。

③ 1957年版、1992年版删去此句及以下三句。

④ 1957年版、1992年版"底心波"为"心上的波纹"。

⑤ 1957年版、1992年版此句及下一句合为一句"我唱的情歌你该听得懂？"。

⑥ 2006年版"罢"为"吧"。

⑦ 初刊本"勿再"为"弗再"；1957年版、1992年版删去"勿再"。

⑧ 初刊本无"了"；1957年版、1992年版"心花呵"为"心窍"。

我底爱潮将涌着流入① 你底情海，

振② 荡起你底爱的波涛哟！③

（一九二一，七，于一师校操场。）④

---

① 初刊本"将"为"要"；1957 年版、1992 年版"涌着流入"为"涌入"。

② 1957 年版、1992 年版"振"为"震"。

③ 1957 年版、1992 年版"哟！"为"。"。

④ 初刊本无写作时间。1957 年版、1992 年版写作时间均为"1921 年 7 月，于一师校操场。"。

恋爱的^① 甜蜜

琴声恋着红叶，

亲了个永久甜蜜的嘴。^②

他俩心心相许，

情愿做终身伴侣。

老树枝，^③

不肯让伊^④

自由地嫁给琴声。

幸亏伊^⑤ 不守教训，

终于脱离了树枝，^⑥

和琴声互相握抱^⑦；

翩跹地乘着秋风，

---

①1957年版标题中"的"为"底"。1992年版增加副标题"（赠篆漪）"。

②1957年版、1992年版此句后面另起一行增加"吻得红叶脸红羞怯。"。

③1957年版、1992年版此句与下一句合为一句。

④1957年版、1992年版"伊"为"红叶"。

⑤1957年版、1992年版"伊"为"红叶"。

⑥1957年版、1992年版此句后面另起一行增加"随着琴声的调子"。

⑦1957年版、1992年版"握抱"为"拥抱"。

飘上青天去了①。

新娘和新郎②

高兴得合唱起来，

韵调无限谐和：

"呵！祝福我们，

甜蜜的恋爱，

愉快的结婚啊！"

（一九二一,十,十七。）③

---

① 1957 年版、1992 年版"了"为"舞蹈"。

② 1957 年版、1992 年版删去此句及以下所有部分。

③ 1957 年版写作时间为"1921 年 10 月 17 日。"；1992 年版为"1921 年 10 月 17 日"。

星①

耀耀地望着我

那颗星的②眼睛。

伊③虽④远在天顶,

伊底⑤灵光却⑥已照澈我底心。

怎样⑦悦目呀,伊是!⑧

伊笑着伴我在这静夜⑨,

能慰我底孤寂。

忽然腾起一片黑云,

深深地把伊遮了⑩。

可爱的星光,⑪

---

① 此诗初刊于《新潮》1921 年第 3 卷第 1 期, 第 97—98 页;再刊于《小说月报》1922 年第 13 卷第 2 期, 第 85—96 页。1992 年版增加副标题"(赠篆漪)"。2006 年版全诗"底"均为"的"。

②1957 年版、1992 年版此处有"亮"。

③1957 年版、1992 年版全诗"伊"均为"她"。

④ 初刊本此处有"然"。

⑤ 再刊本全诗"底"均为"的"。

⑥1957 年版、1992 年版删去"却"。

⑦ 再刊本此处有"的"。

⑧1957 年版、1992 年版删去此句。

⑨1957 年版、1992 年版此处有"里"。

⑩1957 年版、1992 年版"了"为"蔽"。

⑪2006 年版删去",",并在 1957 年版、1992 年版的基础上另起一行增加"就是意中人的眼睛,"。

再也看不见了——①

再也看不见了。②

然而伊③那爱的光，④

终于⑤印在我底心里⑥。

（一九二一，六。）⑦

---

①1957 年版、1992 年版删去此句。

②1957 年版、1992 年版删去此句。

③1957 年版、1992 年版"然而伊"为"她眼里"。

④2006 年版删去"，"。

⑤再刊本"终于"为"早已"；1957 年版、1992 年版"终于"为"永远"。

⑥1957 年版、1992 年版删去"里"。

⑦初刊本写作时间为"二一，六。"；再刊本为"二一　六　一九二一"；1957 年版为"1921 年 6 月。"；1992 年版为"1921 年 6 月"。

白云 ①

（一）

假如② 和爱人变成白云，

自由地飘荡于长空，

是何等有趣呵！③

（二）

流泉底④ 微妙音韵，

像煞爱人底私语；

是偎着伊底情郎小石儿慰问罢？

（一九二一，十二，二五，自之江学校至虎跑途中。）⑤

---

① 此诗发表于《晨报副刊》1922 年 2 月 28 日，第 2 页，标题为《短诗六首》，初版本此诗第一首和第二首为初刊本的第三首和第四首。1957 年版删去此诗。1992 年版标题为《小诗两首》，其中第一首标题为《白云》，第二首标题为《流泉》。

② 初刊本"假如"为"倘若"。

③ 1992 年版"有趣呵"为"乐趣无穷"。

④ 初刊本、2006 年版全诗"底"均为"的"。

⑤ 1992 年版写作时间无括号。

芭蕉姑娘 ①

芭蕉姑娘呀，②

夏夜在此纳凉的那人儿呢？

（一九二一,十一,二四。）③

　①1957 年版删去此诗。1992 年版内容与初版本相同，但将此诗与《慰盲诗人》《祷告》合为《小诗三首》，且增加副标题"（忆 H）"。

　②2006 年版","为"！"

　③1992 年版写作时间为"1921.11.24"。

笑笑 ①

伊香甜的笑,

沁入我底 ② 心,

我也想跟伊笑笑呵。③

（一九二一,十一,二四。）

---

① 此诗发表于《诗》1922 年第 1 卷第 1 期, 第 29 页, 标题为《杂诗二首》, 此诗为其中第一首。初刊本无写作时间。1957 年版、1992 年版删去此诗。

② 初刊本、2006 年版"底"为"的"。

③ 初刊本"呵。"为"啊！"。

问伊①

你底② 酸泪里，

只照着作难的我，

为何不照个愉快的我呢？

（一九二二，一，九。）

---

① 1957 年版、1992 年版删去此诗。

② 2006 年版"底"为"的"。

我都不愿牺牲哟 ①

伊锁成一字愁眉，

沉溺在忧闷之海里。

伊底 ② 头懒洋洋地弄着衣角，

---

①1957 年版删去此诗。1992 年版修改稿将此诗拆分删改为两首：《含情的眼睛（赠箓漪）》和《我都不愿牺牲哟》。分别为：

<table>
<tr><td>含情的眼睛（赠箓漪）</td><td>我都不愿牺牲哟</td></tr>
<tr><td>她锁成一字愁眉，
沉溺在忧闷之海里。
她低着头懒洋洋地弄着衣角，
我望着她那双
明慧晶莹的眼睛，
脉脉含情的眼睛，
灵魂里出来的甘露。
我想饮她眼睛里的甘露。

1921 年 8 月</td><td>她是爱的女神！
我怎能忍得住
她那呈现爱的表情的面庞？
她是我灵魂底安慰者，
她是我的生命！
但我还有一个她——
爹妈订下的媳妇——
爹妈不允许我割离她。
我在爹妈的宠爱里长大，
怎能把父爱母爱埋没！

"宁可牺牲老辈，
不可牺牲少年。"
这是哲学家指示我的话，
我牺牲哪个呢？
父母底爱么？
情人底爱么？
唉！我都不愿牺牲哟！

1921 年 8 月</td></tr>
</table>

②2006 年版全诗"底"均为"的"。

我望着伊那双

明慧晶莹含情的眼睛，

看着伊那由伊灵魂里出来的甘露，

——我想饮了它。

伊是个呀——爱之女神！

我怎忍得住

伊那呈爱的表情的面庞？

伊是我灵魂底安慰者，

伊是我生命底寄托者，①

我没有了伊，

恐怕再也活不了了！

我无论那一刻都爱恋着伊——

心底里流露着极高度的爱，爱恋着伊。

我很愿望伊如我爱伊般爱我；

但我不该想伊爱我，

我不敢想伊爱我！

我还有一个伊——

仅是爹妈底媳妇——

---

① 2006年版此句及上一句"底"均为"的"。

我和伊是不自然地牵合着，

爹妈不允我割离伊。

我是微弱无力者！

我纵有力……

那末，父底爱母底爱永沉没了！

"宁可牺牲老辈，

不当牺牲少年底将来。"

这是大哲学家示给我的话，

恕我不能这样做到哟！

呀！我牺牲那个呢？

——他们底爱么？

——伊底爱么？

唉！我都不愿牺牲哟！

我都不愿牺牲哟！

（一九二一,八。）

月夜①

我缓步在月光里，

累人的伊使我恋着再恋着，不间断地。②

玉洁的月呵！

没有那一个不默默地赞美你。③

你能照透万象，

为何不将伊底影

照来以慰我怀呢？

伊底眼看入我底眼，④

连羞带笑地说，

"你赠我你做的那个，

我非常珍爱。"

当我在此遇见伊的时候，

这是快慰不过的相会啊！

---

①1992年版增加副标题"（回忆，赠篆漪）"。2006年版全诗"底"均为"的"。1957年版、1992年版行首对齐，无缩进。

②1957年版、1992年版此句为"思念着我所恋的人。"。

③1957年版、1992年版此句及以下三句合为一句"你为何不照出她底影？"。

④1957年版、1992年版删去此节。

这游木是伊常走的，①

这蔷薇花下是伊常站的，②

这草地是伊和小孩玩耍的。③

这些都变成我所爱的了——

我爱走伊所走的游木，

爱站④伊所站的蔷薇花下，

爱玩伊所玩的草地。⑤

我凄凉地对着这些，⑥

恍惚看见伊在游木上走，

　　在蔷薇花下站，

　　　在草地上坐。

但待我走过去，

却又看不见伊呀！

那里看得见伊呀！

我时时注意着伊——

伊婉淑⑦的姿态，

①1957年版、1992年版此句为"这是她常走的游木，"，且全诗"伊"均为"她"。
②1957年版、1992年版此句为"这是她常站的蔷薇花下，"。
③1957年版、1992年版此句为"这草地她常玩耍。"。
④1957年版、1992年版此处有"在"。
⑤1957年版、1992年版此句为"爱在她所玩的草地上散步。"。
⑥1957年版、1992年版删去此句及以下七句（含空行）。
⑦1957年版、1992年版"婉淑"为"天真"。

伊娇嫩的言笑，①

伊轻妙的步声，②

都给我③玩味纯熟了。④

伊底神秘都用伊底⑤

⑥含情的眼睛诉说：

伊每一"回头觑"，⑦

每一"凝眸送"，⑧

都能使我心服。⑨

啊！伊底眼睛是怎样柔丽啊！⑩

伊底命令仿佛圣旨，

我怎耐不唯命是从呢！

我那次⑪关不住了⑫，

就写封爱的结晶的信给伊。

---

① 1957年版、1992年版此句与下一句顺序相反。

② 1957年版、1992年版"步声"为"脚步"。

③ 1957年版、1992年版"都给我"为"我都已"。

④ 1957年版、1992年版删去"了"，且此句与下一节合为一节。

⑤ 1957年版、1992年版此句为"她心底神秘"。

⑥ 1957年版、1992年版此处增加"都用"。

⑦ 1957年版、1992年版此句为"她每一次回头觑我，"。

⑧ 1957年版、1992年版此句为"每次凝眸送我，"。

⑨ 1957年版、1992年版此句为"都使我感到幸福。"。

⑩ 1957年版、1992年版删去此句及以下两句。

⑪ 1957年版、1992年版此处有"爱情"。

⑫ 1957年版、1992年版删去"了"。

但我不敢寄去，

怕被外人看见了；①

不过由我底左眼寄给右眼看②，

这右眼就是③代替伊了④。

唉！假使，或真使，⑤

爹妈们允许了，

那么，我只藉此而乐生啊！

（二一，十，八。）⑥

---

①1957 年版、1992 年版此句为"怕接信的是她底爹妈。"。

②1957 年版、1992 年版删去"看"。

③1957 年版、1992 年版删去"是"。

④1957 年版、1992 年版"伊了"为"了她"。

⑤1957 年版、1992 年版删去此句及以下所有部分。

⑥1957 年版写作时间为"1921 年 10 月 8 日。"；1992 年版为"1921 年 10 月 8 日"。

别情 ①

爱我的我底 ② 你呵，

温柔到比柔还柔的你呵！

你底丰韵是怎样地娟逸，

怎样地——说不出来呵。

世界上没有什么能形容你了。

---

① 1957 年版删去此诗。1992 年版此诗拆分删改为三首诗，分别是《水一样温柔（赠篆漪）》《处处都有你（赠篆漪）》《修梦中相会（赠篆漪）》，且写作时间均为"1922 年 4 月 9 日"。三首诗如下：

<table>
<tr><td>水一样温柔（赠篆漪）</td><td>处处都有你（赠篆漪）</td><td>梦中相会（赠篆漪）</td></tr>
<tr><td>西湖水一样温柔的你，</td><td>我睡觉的时候，</td><td>我昨夜梦着和你亲嘴，</td></tr>
<tr><td>你的丰韵是梅花般秀气。</td><td>看见帐顶上有个你；</td><td>甜蜜的嘴真惹人爱！</td></tr>
<tr><td>我说不出你多么可爱，</td><td>我饮茶的时候，</td><td>醒来不见梦中花苞似的嘴，</td></tr>
<tr><td>世上没有什么能够形容你。</td><td>看见杯中有个你；</td><td>望你把梦中的嘴寄来。</td></tr>
<tr><td></td><td>我看书的时候，</td><td></td></tr>
<tr><td>我在接吻你赠我的诗，</td><td>看见书中有个你；</td><td>我不敢去看你，</td></tr>
<tr><td>你赠诗给我，十分感激！</td><td>我上课的时候，</td><td>你怕人指责，你害羞胆怯；</td></tr>
<tr><td>你诗中送我的情爱，</td><td>看见黑板上有个你。</td><td>我叫我的魂今夜梦中去看你，</td></tr>
<tr><td>醉得我醉醺醺地。</td><td>你为甚到处出现？</td><td>请你预备在梦中迎接。</td></tr>
<tr><td></td><td>你为甚东躲西闪？</td><td></td></tr>
<tr><td>1922 年 4 月 9 日</td><td>你为甚只给我看见幻影，</td><td>1922 年 4 月 9 日</td></tr>
<tr><td></td><td>不给我捉住，真个会面？</td><td></td></tr>
<tr><td></td><td>1922 年 4 月 9 日</td><td></td></tr>
</table>

② 2006 年版全诗"底"均为"的"。

你知道我在接吻你赠我的诗么？

知道我把你底诗咬了几句吃到心理 ① 了么？

你从诗中送我的情爱，

更醉得我醺醺然了。

我昨夜梦着和你亲嘴，

甜蜜不过的嘴呵！

醒来却没有你底嘴了；

望你把你梦中的那花苞似的嘴寄来罢 ②。

我昨夜梦中得着你一封信，

信中的字看不明白，

只隐隐约约有些"爱"字；

望你把梦中的信重写清楚罢。

我睡觉时，看见帐顶上有个你；

我饮茶时，看见杯中有个你；

我看书时，看不见书中的字，只见个你；

我上课时，看不见教师在黑板上书的算式，

只见个你；

……

---

① 2006 年版"理"为"里"。
② 2006 年版全诗"罢"均为"吧"。

你为什东躲西藏，

只给我看见不给我捉住呢？

你爹这几天在家不在家？

我时时想来看你，

但我怕尝这样别离滋味；

我至于不敢和你相见了，

见了再用什么法别离呢？

不，别离虽是苦痛，

但是甘美的苦痛呵！

我叫我底魂今夜来看看你，

请你预备迎接着罢。

（一九二二，四。）

窗外一瞥①

沉寂的闺房里，

小姐无聊地弄着七巧图。②

伊偶然随意向窗外瞥了瞥，

一个失意的③青年正踽踽走过，——④

正是幼时和伊相识过的他——⑤

伊底魂跳出窗外偕他去了。⑥

伊渐渐⑦低头寻思，

想到不自由的自己底身子：

惨白的面上挂着凄切的泪了⑧。

（一九二二，六，三。）⑨

---

①1957 年版删去此诗。1992 年版增加副标题"（回忆，赠珮声）"。2006 年版全诗"底"均为"的"。

②1992 年版此句为"小姐弄着七巧图，很无聊地。"。

③1992 年版删去"失意的"。

④1992 年版"，——"为"窗底，"。

⑤1992 年版此句为"正是她幼时的相识。"。

⑥1992 年版删去此句。

⑦1992 年版删去"渐渐"。

⑧1992 年版"泪了"为"泪丝"。

⑨1992 年版写作时间为"1922 年 6 月 3 日"。

一片竹叶儿 ①

溪边的小石竹 ②，

恬静地微笑着 ③。

我顺手扯了一片竹叶儿，

爱护地含在嘴里；④

又怕咬坏了伊 ⑤，

重新插伊 ⑥ 在头发里。

可恨没有插紧，

一阵风把伊 ⑦ 吹 ⑧ 落水田去了 ⑨。

---

① 此诗发表于《新青年》1922 年第 9 卷第 6 期，第 79—80 页，标题为《竹叶》。1957 年版删去此诗。

② 初刊本"小石竹"为"小竹"。

③ 1992 年版"微笑着"为"在微笑"。

④ 1992 年版此句及以下两句合为一句"珍爱地插上我的礼帽。"。

⑤ 初刊本全诗"伊"均为"他"。

⑥ 初刊本"插伊"为"把他插在"。

⑦ 1992 年版"伊"为"竹叶"。

⑧ 初刊本"把伊吹"为"吹他"。

⑨ 1992 年版"去了"为"里"。

我想去拾伊^① 回来，^②

怎奈满水田的泞泥呢？

大概惯例如此罢^③——

牛儿来犁田的时候，

蠢呆地踏伊一脚，

于是伊埋没在污泥里，

永世，^④ 永世不能见天日了。

或者呵，

或者有善的风从泥里吹伊起来罢。

呀！倘能从泥里吹伊起来呵！

（一九二二，三，十一。）^⑤

---

① 初刊本"拾伊"为"撮他"。

②1992 年版删改此句及以下所有部分为：

我替竹叶担心忧虑：

蠢牛儿来犁田的时候，

难逃被践踏的遭遇。

污泥埋没了竹叶的翠绿。

③2006 年版全诗"罢"均为"吧"。

④ 初刊本无"永世，"。

⑤ 初刊本写作时间为"一九二二，三，十一，杭州。"；1992 年版为"一九二二，三，十一，偕珮、竹游西湖时口占"。

拆散^①

尽徘徊在池畔，

终寻不着呵——

曾印在池面的双双的我俩底^②影。

只有孤孤的今天的我的了！

（一九二二，四，十一。）

---

①1957 年版删去此诗。1992 年版增加副标题"（忆篆漪）"，1992 年版改动较大，在此附上修改稿全诗：

拆散（忆篆漪）

尽徘徊在池畔，
终不见着曾印在池面的
双双的我俩底人影。
水里只有孤单的我了！
恶毒的嫉妒心
拆散了一对鸳鸯。

②2006 年版"底"为"的"。

蝶儿与玫瑰 ①

怪忙怪快活的蝶儿，
欹欹地飞在玫瑰花上。
他纤细的脚差不多站上花瓣了，
那含妒意的风从容吹来，
玫瑰花就被摇动着了。

他不住高高低低地飞，
从一花飞到一花；
才飞到花下，
又飞到花上。
后来一飞飞到初开的花里，
他和花蕊接吻十分和畅。
他仅仅舔了少许花汁，
那无情的风硬逼他俩分手了。

风更是暴怒了，

①1957年版、1992年版删去此诗。

摧着花儿碎碎粉粉地飘零。

蝶儿经不起风打，

但他仍要依依缠着被侮辱的花片儿眼巴巴地

　　瞧着。

他越发栩栩地飞得忙煞了。

（一九二〇，十二，十四。）

月月红①

月月红在风中颤抖，

我底② 心也伴着伊颤抖了。

（一九二二，一，九。）

---

① 1957 年版、1992 年版删去此诗。

② 2006 年版"底"为"的"。

在相思里（七首）①

（一）②

我寄给伊无数个相思，

只是被阻碍了寄不到头呵。③

（二）④

偶然想到伊唱的歌曲，

耳里便响着醉人的歌声了。

（三）

不息地燃烧着的相思呵。

---

① 1957 年版、1992 年版删去此诗。

② 此诗发表于《晨报副刊》1922 年 3 月 3 日，第 2—3 页。标题为《短诗》，共有十首，此诗为其中第四首。

③ 初刊本"呵。"为"呀！"。

④ 此诗发表于《晨报副刊》1922 年 3 月 3 日，第 2—3 页，标题为《短诗》，共有十首，此诗为其中第九首。初版本与初刊本内容相同。

（四）①

伊那娇波一转，
伊底② 春意就温润了我了。

（五）③

那④ 怕礼教的圈怎样套得紧，
不羁的爱情总不会规规矩矩呀。⑤

（六）

于今不比从前呀——
夜夜萦绕着伊的，
仅仅是我自由的梦魂儿了。

---

① 此诗发表于《晨报副刊》1922 年 3 月 3 日，第 2—3 页，标题为《短诗》，共有十首，此诗为其中第七首。

② 初刊本、2006 年版"底"为"的"。

③ 此诗发表于《晨报副刊》1922 年 3 月 4 日，第 3 页，标题为《短诗》，共有六首，从第十一首至第十六首，此诗为其中第十四首。

④ 2006 年版"那"为"哪"。

⑤ 初刊本"。"为"！"。

（七）①

伊底②娇嗔里，

潜蓄着亲和的微笑呢。

（一九二二，一,八，——二,七。）

爱的波[①]

亲爱的!

我浮在你温和的爱的波上了,

让我洗个澡罢[②]。

（一九二二,四,十一。）

---

①1957 年版、1992 年版删去此诗。

②2006 年版"罢"为"吧"。

慰花 ①

  "花呀花呀别怕罢 ②,"

  我慰着暴风蛮雨里哭了的花,

  "花呀花呀别怕罢。"

（一九二二,三,二六。）

①1957年版、1992年版删去此诗。
②2006年版全诗"罢"均为"吧"。

耳福①

谢谢你音乐的莺莺！

我底②耳不像从前那样饿了。

（一九二二，三，二六。）

---

①1957年版、1992年版删去此诗。

②2006年版"底"为"的"。

第二辑

愿望 ①

黑夜的花园里，

蒙蔽着严寒的死气。

含苞欲放的你，

要放也无从放起。

但人们都渴慕你呵！

———————

①1957年版此诗、1992年版改动较大，1992年版标题为《薇娜丝（赠篆漪)》，1957年版、1992年版全文分别如下：

愿望

黑夜的花园里，
蒙蔽着严寒的死气。
含苞欲放的你，
要放也无从放起。

爱情在敲着你底心门。
愿明天太阳早早照耀，
光明的钥匙开开你底心门，
燃烧着你底爱情。

　　1921年芙蓉开时，于一师校校园之芙蓉花下。

薇娜丝（赠篆漪）

黑夜的花园里，
蒙蔽着严寒的死气。
篆漪！含苞欲放的你，
要放也无从放起。

我的爱情在恳求你，
在敲着你底心门。
愿明天太阳早早照耀，
光明的钥匙开开你底心门。

篆漪！你是薇娜丝呵！
愿你用爱庇护一切，
愿你用美滋育万有。
愿你爱化全世界，
愿你美化全宇宙！

　　1921年，芙蓉开时，于一师校园之芙蓉花下。

谁能不钦佩你呢？

爱情很恳求地，①
在敲着你底②门。
愿明天太阳早早照耀，
光明的钥匙开开你底门；
将你蕴藏的美爱，③
洒遍人们底心田，
去燃烧着人人的爱情。

那时候愿你——
你是薇娜丝呵——
愿你用爱庇护一切，
愿你用美滋育万有，
愿你把世界所有的，④
统统爱化了，美化了。
人们将怎样狂放地喜慰呵！

（十年，芙蓉开时，于一师校校园之芙蓉花下。）

---

①2006年版删去"，"。
②2006年版全诗"底"均为"的"。
③2006年版删去"，"。
④2006年版删去"，"。

乐园①

在诗②的早晨，天上染着玫瑰色的晨曦，空中荡漾着爱的气息，地上铺着春的欢乐和喜③笑。男女女孩们④，都从花瓣草叶织的床上起来了。他们饮了群芳髓，吃了秘情果，大家开始游戏。游戏就是他们底工作——⑤他们底游戏是有诗的意味的。

他们没有衣裳遮饰，只用一条稀薄的湖色轻纱披着。他们底温柔的⑥洁白而微现桃红的情趣的⑦身体完全裸露着。

他们清润地⑧宛转地唱歌，声音袅袅地在空中飞扬；⑨不但听起来悦耳，就是嗅起来也香馥馥地怪有味。他们一对对地舞蹈，神情潇洒地跳跃着，轻飘地⑩波动着，蝴蝶般

---

①1957年版删去此诗。2006年版全诗"底"均为"的"。
②1992年版此处有"意"。
③1992年版"喜"为"嘻"。
④1992年版"女孩们"为"青年们"。
⑤1992年版删去"游戏就是他们底工作——"。
⑥1992年版"温柔的"为"健美"。
⑦1992年版删去"情趣的"。
⑧1992年版"地"为"的声音"。
⑨1992年版此处有"歌声"。
⑩1992年版此处有"像水波一样"。

翩跹地飞舞着,①——我底②灵魂也跟着他们飞舞上天去了。

今天玉蜻蜓和忘忧草最愉快。他们俩歌舞之后,两口儿手牵手臂挽臂地走到碧翠③的草茵上坐着。伊④娇憨地沉吟了一下,欬⑤情的眼睛望着他⑥情切切地说:"你已经充满在我心里了,我说不出地爱你呵!我愿和你两人的人格融合,结成一个呵;你能⑦允我底要求么?"他很高兴地赶快回答伊⑧:"我也正要这么要求你呢。你对我⑨的恰恰是我想对你说的呵。"伊⑩乐得什么也似的,不期然妍倩⑪地微笑着了。他俩情投意合,紧抱着尽情地甜蜜地接吻。于是,两个灵魂并作一个了,两个丰润酥软的肉体亲热地贴着合作一个了。他俩就是这样自由而自然地结婚了。⑫

这里布满了幸福,决没有可忧⑬恨的不祥的命运。这里只有美好的春天;没有暴弱的夏天,刻薄的秋天,和严酷

①1992年版","为"。"。
②2006年版"底"为"的"。
③1992年版"碧翠"为"翠绿"。
④1992年版"伊"为"忘忧草"。
⑤1992年版"欬"为"含"。
⑥1992年版"他"为"玉蜻蜓"。
⑦"1992年版能"为"愿"。
⑧1992年版"伊"为"她"。
⑨1992年版此处有"说"。
⑩1992年版"伊"为"她"。
⑪1992年版"倩"为"媚"。
⑫1992年版此处有"结婚的唯一条件是爱情,爱情的唯一保证是忠贞。"
⑬1992年版此处有"可"。

的冬天。^① 这里的人们永久是^② 小孩子，他们彼此互相亲切和爱；没有生产和死亡，^③ 也不见欺诈，嫉妒，争斗的事情。总之，这地方无一样不适意的。

自古至今未曾有一个谁到过这里。因为人类太愚蠢，自己瞒了自己底眼睛，所以找不到开这里^④ 的门的钥匙。^⑤

（一九二二，五。）^⑥

---

①1992年版删去此句。
②1992年版"是"为"像"。
③1992年版删去"没有生产和死亡"。
④1992年版"这里"为"乐园"。
⑤1992年版此处有"现在乐园的钥匙找到了，又有拦路虎，拦住往乐园的路。"。
⑥1992年版写作时间为"1922年5月"。

路情^①

可爱的小孩儿，

採^②了几些草花，

手里捏一枝，

头上戴一朵。

小圆脸儿烂漫地微笑着，

和花儿一样地微笑着。

圈着我溶化了我的柔和的微笑呵！

可惜伊脸上涂了些白粉，

把笑容葬去一半了。

我底^③脚不能停步，

因为今天计画^④的游程。

频频地回头，

殷殷地眼觑：

---

①1957 年版、1992 年版删去此诗。

②2006 年版"採"为"采"。

③2006 年版"底"为"的"。

④2006 年版"画"为"划"。

伊还赠我最后的一笑呢。

再回顾时，

看不见那温爱的笑容了。

于是我低头痴凝着了。

（一九二二，四，二。）

悲哀的青年①

漠漠的海边上，

青年在那里彷徨踯躅。

看不透的汪洋，

茫茫无去路！

他虽生在热闹的人间，

但何曾有他底伴侣呢？②

他只是孤独呵，

他只是孤独呵！

他寻遍了人间，

终寻不着光寻不着花寻不着爱呵。③

他忍不过看这般的世界，

他想高高飞上天；

---

① 此诗发表于《新青年》1922 年第 9 卷第 6 期，第 78—79 页。1957 年版、1992 年版删去此诗。

② 初刊本"底伴侣呢"为"的伴侣"。

③ 初刊本此句为"终寻不着光，寻不着花，寻不着爱呵。"

人们却阻压他，

诱惑他在下界流连。

他底①脸在人间笑，

他底心在空中啼。

现在的环境令他哀②哭，

只有希望中的将来引他强笑。

他想任意狂游

但怎能如他愿呢？

爹妈底慈爱圈着他，

爹妈底情丝捆着他，

把他镣铐在他们底心里。

他们虽是爱他，

却不能了解他；

这样愚笨的爱意，③

尽够斩④丧他底前途了。

漠漠的海边上，⑤

---

① 初刊本、2006 年版全诗 "底" 均为 "的"。

② 初刊本无 "哀"。

③ 2006 年版删去 ","。

④ 2006 年版 "斩" 为 "刈"。

⑤ 初刊本此节与上一节合为一节。

青年在那里彷徨踯躅。

看不透的汪洋，

茫茫无去路！

（二二,三,二二。）①

---

① 初刊本写作时间为"一九二二,三,二二, 杭州。"

我愿

我愿把人间的心，①
一个个都聚拢来，②
共总镕成了③一个；
像④月亮般挂在清清的⑤天上，
给大家看个明明白白。⑥

我愿把人间的心，⑦
一个个都聚拢来，⑧
用仁爱的日光洗涤了⑨；

重新送还给人们，

---

①2006年版删去"，"。
②1957年版、1992年版删去此句。
③1957年版、1992年版删去"了"。
④1957年版"像"为"象"。
⑤1957年版、1992年版删去"清清的"。
⑥1957年版、1992年版此句为"大家一心，不分你我。"。
⑦2006年版删去"，"。
⑧1957年版、1992年版删去此句。
⑨1957年版、1992年版"洗涤了"为"洗清洁"。

使误解从此消散了。①

（一九二二，二，八。）②

---

① 1957 年版、1992 年版此句为"从此消除了误解。"。
② 1957 年版写作时间为"1922 年 2 月 8 日。"；1992 年版为"1922 年 2 月 8 日"。

母亲①

没有了儿子的母亲，②

闷在凄惨的家里。

伊想起伊那玲珑的死去的儿子，③

就不止地滴呀滴地流泪了。④

邻家的小孩儿笑嬉嬉⑤地走来，

天真的神情现在伊眼前，

伊底⑥愁苦顿时消散了。

伊亲亲热热地搂着他亲吻，

亲了又亲，⑦

伊脸上现出多年不曾有过的笑容了。⑧

小孩撒娇地跑去了，

---

① 此诗发表于《诗》1922 年第 1 卷第 3 期，第 56—57 页。1957 年版、1992 年版删去此诗。

② 2006 年版删去 "，"。

③ 初刊本此句为 "伊想起伊的被人间的罪恶逼死了的儿，"。

④ 初刊本此句为 "就不止地泪流滴滴。"。

⑤ 2006 年版 "嬉嬉" 为 "嘻嘻"。

⑥ 初刊本、2006 年版全诗 "底" 均为 "的"。

⑦ 初刊本此句为 "尽情地亲了又亲，"。

⑧ 初刊本 "现出" 为 "涌出"，"笑容" 为 "微笑"。

伊暂时的快乐也跟着跑掉了。

伊无聊地开开尘封的箱，

抱起伊底儿从前玩的耍孩儿① ；

伊和它亲吻，②

正如和伊底儿一样。

它底③ 面上尚存伊底④ 儿亲吻的痕迹，

伊觉得还有伊底儿底吻香呢。⑤

伊将待伊底儿的情待它，

高兴地和它游玩，

亲切地和它谈话：

"我底儿呵！

我爱你，爱你……"

（一九二二，三，二二。）⑥

---

① 2006年版"耍孩儿"有引号。

② 初刊本此处无"，"。

③ 初刊本无"底"。

④ 初刊本"尚存"为"还存在"；初刊本、2006年版"底"为"的"。

⑤ 初刊本此句下面还有两句：

伊得了不少的安慰，

忧愁的脸上又微笑着了。

⑥ 初刊本写作时间为"一九二二，三，二二，于杭州。"。

热血 ①

我底兴奋的热血，②

痛快地③浇那枯槁的蔷薇；

它就从死里再生，

喜④笑地开⑤着美妙的花了⑥。

我底兴奋的热血，⑦

痛快地⑧浇那冻结的冰山；

它就由寒冷里温暖转来，⑨

兴高采烈地做着愉快的跳舞了。⑩

---

①1992年版增加副标题"（回忆D）"。

②1957年版、1992年版删去"兴奋的"；2006年版"底"为"的"，且删去"，"。

③1957年版、1992年版删去"痛快地"。

④1957年版"喜"为"嘻"，1992年版"喜"为"嬉"。

⑤1957年版、1992年版"开"为"长"。

⑥1957年版、1992年版"花了"为"蓓蕾"。

⑦1957年版、1992年版删去"兴奋的"；2006年版"底"为"的"，且删去"，"。

⑧1957年版、1992年版删去"痛快地"。

⑨1957年版、1992年版删改此句为两句：

它就由寒冷里

转变成温暖；

⑩1957年版、1992年版删去此句。

我底兴奋的热血，①

痛快地浇那死了的人心；②

但它不由恶毒变做善良，③

也不欣欣地生长情爱的芽根！④

（一九二二,二,十三。）⑤

---

①1957 年版、1992 年版删去"兴奋的"；2006 年版"底"为"的"，且删去","。

②1957 年版、1992 年版此句为"浇她那冰冷的心,"。

③1957 年版、1992 年版删去此句。

④1957 年版、1992 年版删改此句为两句：

它并不欣欣地生长出

情的芽爱的根！

⑤1957 年版写作时间为"1922 年 2 月 13 日。"；1992 年版为"1922 年 2 月 13 日"。

被残的萌芽 ①

——吊私生子——

一粒上帝下的种子，②

给人间伤害了！

你所奉的旨意，

不能如愿施行了。

哦！何止呢？

何止你呢？

数不清的千千万，

算不明的万万千呀！

你爹妈底纯洁的爱，③

好好造成了你，

你就从姆 ④ 妈底心上

---

① 此诗发表于《小说月报》1922 年第 13 卷第 4 期，第 30—36 页。初刊本全诗"底"均为"的"。1957 年版、1992 年版此诗标题为《被摧残的萌芽》。

② 1957 年版、1992 年版删去此节；2006 年版删去"，"。

③ 初刊本无"，"。

④ 初刊本无"姆"。

渐渐萌芽①起来了②。

你是他们底心肝，

他们怎忍抛弃你③？

无奈人间恶毒的咀咒，

他们④只得含着无可挽救的泪，

很不情愿的杀死你。⑤

你怨他们么？

别怨罢。

还不是人间底罪孽么？

人们不算你是人，

不承认你有爹妈，

不许你爹妈生你；⑥

并且——⑦

你爹妈也不敢说⑧

你是他们生的。

你没人管⑨的婴儿呀！

---

① 1957 年版、1992 年此处有"，"。
② 1957 年版、1992 年版"起来了"为"花朵般长起"。
③ 1957 年版、1992 年版"抛弃你"为"把你抛弃"。
④ 1957 年版、1992 年版删去"他们"。
⑤ 初刊本"的"为"地"；1957 年版、1992 年版删改此句及以下三句为"忍痛地掐死你，向荒地里投。"。
⑥ 初刊本"；"为"，"。
⑦ 1957 年版、1992 年版删去此句。
⑧ 1957 年版、1992 年版"说"为"承认"。
⑨ 1957 年版、1992 年版"管"为"要"。

你真的没有爹妈么？^①

不问他怎样，^②

这世界该有^③你底爹妈罢^④。

你终是世界^⑤一个儿子罢^⑥。

你那玲珑的神态^⑦里，

浅浅微微^⑧的笑涡里，

蔷薇花苞似的嘴唇里，

丰满的小圆脸里，

光光^⑨的星眼里，

织织的丝发里，^⑩

肥嫩嫩胸里^⑪，

藕弯弯的手臂里，

白晶晶的脚腿里，^⑫

你完全的一切里，

---

①1957年版、1992年版删去此句。
②1957年版、1992年版删去此句。
③1957年版、1992年版"该有"为"上没有"。
④1957年版、1992年版删去"罢"。
⑤1957年版、1992年版此处有"底"。
⑥1957年版、1992年版删去"罢"。
⑦1957年版、1992年版"神态"为"神情"。
⑧1957年版、1992年版删去"微微"。
⑨1957年版、1992年版"光光"为"光亮"。
⑩1957年版、1992年版删去此句。
⑪初刊本"胸里"为"的胸里"；1957年版、1992年版"胸里"为"的小腿里"。
⑫1957年版、1992年版删去此句及下一句。

都潜藏着你未来的 ①

享不尽的光荣的快乐。

但是都同轻烟浮影般散了，

捉不住挽 ② 不回了。

就是冥冥的现世，

也够闷死你呀！

③ 爱你的你爱的爹妈。④

何尝不这般愿望—— ⑤

喂你用甘露的乳 ⑥，

眠你用慈爱的怀，⑦

育你用高尚的人格，⑧

教你唱愉快的歌，⑨

---

①1957年版、1992年版删改此句及本节其余部分为：
都潜藏着蓬勃的生意；
十分活跃，
还有你未来的
享不尽的光荣快乐。
② 初刊本"挽"为"拖"。
③1957年版、1992年版此处增加"不敢"。
④1957年版、1992年版删去第二个"爱"；初刊本"。"为"，"；1957年版、1992年版、2006年版删去"。"。
⑤1957年版、1992年版此句为"何尝不愿望你好好长大？"。
⑥1957年版、1992年版"用甘露的乳"为"甘露般的母奶"。
⑦1957年版、1992年版此句为"给你眠慈爱的胸怀"。
⑧1957年版、1992年版删去此句。
⑨1957年版、1992年版删去此句。

见你花苗般长了——①

何尝不这般愿望？②

只是这愿望不能愿望，

终变成失望了！

算了罢！

你索性如此罢。

何须留恋呢？

倘然你跟着前人底脚踪儿，

懵懵懂懂地③活着，

糊糊涂涂地闹着，

混混沌沌地死了，

这又何必呢？

不，不是——

你自己决不会上那故辙；

即使你做了，

也是环境逼你的。

---

①1957年版、1992年版"长了——"为"长大，"。

②1957年版、1992年版删改此句至诗末所有内容为：
开上灿灿烂烂的
光彩耀天的花。
奈何人间不容你，
硬把你挤到世界以外，
不许你生存，不让你开花。

③初刊本此句及以下两句"地"均为"的"。

也许你将来

在世界的花园中，①

开上灿灿烂烂的

光彩耀天的花：

把魂魂恶恶的，②

点缀成锦锦绣绣的；

把臭臭浊浊的，③

熏酿成香香喷喷的；

把扰扰攘攘的，④

感化成亲亲爱爱的。

那时上帝也微笑赞扬你：

"这么遵我底吩⑤咐，

才是我宠爱的儿子了。"

奈何人间不容你，

硬把你挤到世界以外去了！

（一九二一，十二，四。）⑥

---

① 2006 年版删去 "，"。
② 2006 年版 "魂魂恶恶" 为 "丑丑恶恶"。
③ 2006 年版删去 "，"。
④ 2006 年版删去 "，"。
⑤ 初刊本 "吩" 为 "分"。
⑥ 1957 年版写作时间为 "1921 年 12 月 4 日。"；1992 年版为 "1921 年 12 月 4 日"。

荷叶上一滴露珠 ①

碧翠的荷叶，②

捧托着一滴晶莹的露珠，

---

① 此诗发表于《晨报副刊》1921 年 11 月 2 日，第 2 页。1957 年版此诗改动非常大。1992 年版增加副标题"（忆 H）"，且写作时间无标点，其余与 1957 年版相同。1957 年版全诗如下：

荷叶上一滴露珠

碧翠的荷叶，
捧托着一滴晶莹的露珠。
洁净的露珠银样地光明，
荷叶忠诚地爱护。
荷叶抖颤在微风里，
露珠优游自在地滚个不住。

忽然暴雨打来，
把池水扰得污浊腌臜。
露珠终于堕在污水里，
荷叶也难堪地倒在水面。
纯洁光明的露珠，
竟给恶魔摧残！

恳求神杀了恶魔，
再开出满池的荷花荷叶，
再造许多露珠，
一样晶莹清洁。
爱的花终要开，
爱的果终要结！

　　　　　1921 年 10 月 16 日。
② 2006 年版删去"，"。

自在地凝神着

在这悠然雅致的池面。

有小鸟底 ① 欢愉赞美歌

送 ② 出自池边的树上：

"啊！洁净 ③ 的露珠，

你这么银样的光明啊！

你呀，是爱的精髓啊！

荷叶忠诚地爱护你，

你们好一对美乐的啊！

但愿你变化作许多许多滴，

去传播 ④ 给每个人饮罢 ⑤ 。

那么可以开些爱的花，

结些爱的果了。"

荷叶抖颤在微风里，

露珠优游地滚着。

暴雨是毫不放松地打着，

给池水扰得污浊了；

伊终于堕在水里，

---

① 初刊本、2006 年版 "底" 为 "的"。

② 初刊本无 "送"。

③ 初刊本 "净" 为 "静"。

④ 初刊本无 "传播"。

⑤ 2006 年版 "罢" 为 "吧"。

他败得没①气力了，

也难堪地倒在水里。

这是小鸟的悲哀的挽歌了：

"神仅造了这一滴爱的精髓，

不仁的恶魔竟给摧残了哟！

但是露珠呀，

你忍耐着罢②！

你底③本质依旧是

银样的光明啊！

我去恳求神杀了恶魔，④

又造许多如你一样的，

那时你们再去传播给每个人饮罢⑤。

爱的花终要开的啊！

爱的果终要结的啊！"

（一九二一，十，十六。）⑥

① 初刊本"没"为"没有"。
② 初刊本此句与上一句合为一句；2006年版"罢"为"吧"。
③ 初刊本、2006年版"底"为"的"。
④ 初刊本此句为"我知道神将杀了恶魔，"。
⑤ 初刊本无"传播"；2006年版"罢"为"吧"。
⑥ 初刊本无写作时间。

于是诗人笑了 ①

微笑的晨光，②

像诗一样地 ③ 流着，

蜜蜜地吻着浑大的世界，④

吻着晨兴的年青的诗人；

一切都蕴酿着 ⑤ 笑意，

含着超越的清快。

于是诗人笑了。

他环视各各都凝着

平和与安宁。

乐趣沸在他底 ⑥ 心头，

忍不住地经过他底 ⑦ 唇边和齶间，

---

① 此诗发表于《晨报副刊》1921 年 11 月 3 日，第 2 页。1957 年版、1992 年版删去此诗。

② 初刊本、2006 年版无"，"。

③ 初刊本"地"为"的"。

④ 初刊本删改此句及下一句为：
蜜蜜地吻着晨兴的年少的诗人，
吻着浑大的世界；

⑤ 初刊本此处有"明慧的"。

⑥ 初刊本"底"为"的"。

⑦ 初刊本、2006 年版"底"为"的"。

眼里和眉上，

从容地涌现出来①。

诗人随便什么都忘着②了，

这是再丰美没有的慰藉啊！ ③

世界的清快更超越了，

于是他又随意地笑了。

（一九二一，十，十六。）④

---

① 初刊本此处有"了"。

② 初刊本"忘着"为"忘却"。

③ 初刊本"慰藉啊！"为"慰安啊"。

④ 初刊本无写作时间。

潮 ①

潮，腾，翻腾，腾起，

爬，爬，爬上，上进，

滚滚，涌涌，喷，

跳，跳，跳，跳舞，

起劲，起，起劲！

（一九二二，一，五。）

---

①1957 年版、1992 年版删去此诗。

天亮之前 ①

自从 ② 黑夜赶走了太阳，

霸占了一切，

于是都伏于黑夜了——③

至今沉沉如死地梦着。

晨鸡开始鸣了，④

惊得一个醒了。

他觉得孤单无侣，

想去叫醒其余的；

无如大家都有气没力地

还说他讨厌呢！

他有了不可耐的孤寂。

可是——

终于独身跳起，

---

①1957年版、1992年版全诗均不分节。2006年版全诗"底"均为"的"，"罢"均为"吧"。

②1957年版、1992年版删去"自从"。

③1957年版、1992年版删改此句及下一句为：

世界沉沉如死，

被统治于黑夜。

④1957年版、1992年版删去此句至"各各默默地想着："共十四句。

生气勃勃地，

拼命唤起了几些同伴。

他们感着黑暗的痛苦，

各各默默地想着：

太阳呢？太阳呢？

怎么不来亲热我们呀？

旧的太阳挽不回了，

又何必挽回呢？

我们只要欢迎着，①

欢迎②新的太阳早些光降；③

这④有莫大的希望呵！⑤

⑥最初的一线曙光，

躲躲藏藏地窥了。⑦

众生底心沸着⑧，

鼓着雄壮的勇气，

---

①1957年版、1992年版删去"着,"。
②1957年版、1992年版删去"欢迎"。
③1957年版、1992年版";"为"。"。
④1957年版、1992年版"这"为"已"。
⑤1957年版、1992年版"呵！"为"，"。
⑥1957年版、1992年版此处增加"露出了"。
⑦1957年版、1992年版删去此句。
⑧1957年版、1992年版"沸着"为"已沸腾"。

狂热地跳舞着①，

起劲地②唱③歌催太阳起身：

我们底生活苦闷，

我们底生活枯涩，

你撒给我们和爱的光④，

我们底生命才得复活呵。⑤

但还有许多兄弟呢，⑥

他们底不幸就是我们底不幸呀！⑦

亲爱的父亲⑧呀⑨！

升罢！升罢！⑩

快快快快地升罢！

多多多多地给些光呵！

（一九二一，十二，二三。）⑪

---

①1957年版、1992年版"着"为"很起劲"。

②1957年版、1992年版删去"起劲地"。

③1957年版、1992年版此处有"着"。

④1957年版、1992年版"和爱的光"为"热和光"。

⑤1957年版、1992年版此句为"才能复活我们底生命。"。

⑥1957年版、1992年版删去此句。

⑦1957年版、1992年版删去此句。

⑧1957年版、1992年版"父亲"为"太阳"。

⑨1957年版、1992年版删去"呀"。

⑩1957年版、1992年版删改此句及以下两句为：

快快地上升！

多多地给些热和光！

还有许多兄弟呢，

他们底不幸就是我们底不幸！

⑪1957年版写作时间为"1921年12月23日。"；1992年版为"1921年12月23日"。

谁料这里开了鲜艳的花呢 ①

使人不经意的嫩芽，

生在荒废的瓦砾里。②

人们无所顾惜地

抛弃③ 垃圾④ 唾涕在他⑤ 上面，

几乎毁灭了他底生之力⑥。

他⑦ 被压得疲困极了，

身上遍涂⑧ 了污秽的痕迹。

但他只是拼命地，⑨

从乱堆里努力伸出⑩。

---

① 1957 年版、1992 年版标题中删去"呢"。
② 1957 年版、1992 年版以上两句合为一句"嫩芽生在荒废的瓦砾里。"；2006 年版删去第一句中","。
③ 1957 年版、1992 年版删去"弃"。
④ 1957 年版、1992 年版此处有"吐"。
⑤ 1957 年版、1992 年版"他"为"嫩芽"。
⑥ 1957 年版、1992 年版"他底生之力"为"它底生命力"；2006 年版"底"为"的"。
⑦ 1957 年版、1992 年版"他"为"它"。
⑧ 1957 年版、1992 年版"遍涂"为"涂遍"。
⑨ 1957 年版、1992 年版"他"为"它"；2006 年版删去","。
⑩ 1957 年版、1992 年版此处有"去"。

后来雨赐洗礼给他，①

洗得他洁净了。

太阳赐他生命之光，

他就笑嘻嘻地

开着香美的花了。

"谁料这里开了鲜艳的花呢？"

人们欣然注意着说。

（二一，十，十六。）②

---

①1957 年版、1992 年版此节与下一节合为一节：

太阳赐它生命之光，

雨又赐洗礼给它。

人们欣然注意到了：

"谁料这里开了鲜艳的花？"

②1957 年版写作时间为"1921 年 10 月 16 日。"；1992 年版"1921 年 10 月 16 日"。

孤傲的小草（六首）①

（一）

孤傲的小草，②

虽然给③欺侮了，

但孤傲仍旧存在。

（二）

用热泪洒活暴徒底④良心呀！

（三）

不和善的蚊子呀，⑤

---

①此诗发表于《晨报副刊》1922年3月1日，第2页。标题为《短诗七首》。该组诗中的第一首、第二首、第三首、第四首分别为发表本中的第一首、第二首、第四首、第三首。1957年版、1992年版删去此诗。

②2006年版删去"，"。

③初刊本"给"为"被"。

④初刊本、2006年版"底"为"的"。

⑤初刊本"和"为"知"；2006年版"，"为"！"。

请饶赦我罢 ①，

我们都是伴侣呢。

（四）

你喜欢作恶，

只得作你的罢；

请勿当做遗产传给子孙呀！

（五）②

小鸟从夜那边逃到日这边，

徼幸地说，"好了，得其所哉！"

（六）

小鸟乐不可支地

跳跃着生命的韵律呵。

（一九二一，十一，二四—十二，二五。）

春底话①

春飞到我耳边低声道，

"起罢②，我来了！"

（一九二二，新年第一日。）③

---

① 此诗发表于《诗》1922年第1卷第2期，第62页，标题为《杂诗（二首）》，另一首为《蓓蕾》。1957年版、1992年版删去此诗。2006年版标题中的"底"为"的"。

② 2006年版"罢"为"吧"。

③ 初刊本无括号。

蓓蕾[①]

蓓蕾们密说着，[②]

商议了一会，说：

"不相干，[③]

开——仍旧要开；[④]

只要嘱咐他们，[⑤]

[⑥] 不许再来践踏好了[⑦]。"

（一九二二，一，五。）[⑧]

---

① 此诗发表于《诗》1922年第1卷第2期，第62页，标题为"杂诗（二首）"，另一首为《春底话》。1957年版此诗与《一步一回头》《眼波》《礼教》《灵隐寺》《寻遍人间》《微笑》《心上人底家乡》合为《小诗八首》。1992年版此诗与《一步一回头》合为《小诗二首》。

② 初刊本"说"为"语"；1957年版、1992年版此句及下一句合为一句"蓓蕾们商议了一会，说："。

③ 1957年版、1992年版删去"不相干，"。

④ 1957年版、1992年版"；"为"花，"。

⑤ 1957年版、1992年版删去此句。

⑥ 1957年版、1992年版此处增加"只是"。

⑦ 1957年版、1992年版删去"好了"。

⑧ 初刊本无括号。1957年版写作时间为"1922年1月5日。"；1992年版为"1922年1月5日"。

醒后的悲哀 ①

在黑暗空寂的夜里，

我从悲而乐的梦里醒来了。

只恋恋地想再梦着；

但梦底 ② 门紧紧闭着，

终撞不进可爱的梦境了。

---

① 1957 年版此诗首尾两节分别删改成为两首小诗《醒后》和《希望》。1992 年版与 1957 年版内容相同。1957 年版将删改成的两首小诗与《贞节坊》《眼睛》《祷告》《谢绝》合为组诗《小诗六首》。1992 年版将这两首小诗命名为《小诗二首》。1957 年版全诗如下：

醒后

我恋恋地不愿就醒，
想再回到快乐的梦里，
但梦的门紧紧关闭，
撞不进可爱的梦境。

希望

希望太虚幻，
诱得我兴奋地追赶。
我醉在希望底怀里，
痴信它要实现！

　　　　1921 年 11 月 6 日，于枕上。
②2006 年版全诗"底"均为"的"。

亲爱的爹妈呀！

我梦里回家，

你们喜得眼泪都笑了。

梦中那一声亲热的"安儿"，

我也辨不清是甜是苦，

我只化在那亲热的呼声里了。

爱敬的女郎呀！

你梦里吐出你底心的声，

我完全能体贴谅解呀！

爹妈要我们做的，

都不是我们愿做的；

这只是无法罢 ①，

不能做我们愿做的呀！

无端的乱想，

惹起无限 ② 悲哀。

缕缕缠绵的酸意，③

袭得我好难堪呀！

思虑的热泪不愿揩去，

听其自然地洗着我底脸。

---

① 2006 年版全诗"罢"均为"吧"。

② 2006 年版此处有"的"。

③ 2006 年版删去"，"。

什么都看不见，

似乎暗中尽埋藏着死的恐怖。

渺渺无声的隐密的声，

朦胧着我底全身，

明明告诉我人生底渺茫呀！

我困陷在死的恐怖里呢。

谁又能逃避死的恐怖呀！

钟摆悠忽地响着，

这是时间底步声，

毫不留恋地只顾跑去；

我底生命就是这么一秒一秒地截去了。

时间监督着我，

不知为什么地走无限的旅路呀！

我索透人生的确是没趣，

只有无路的惶悚罢了 ①

命运呀！

你居然不客气地牵制我，

我只得无可奈何地凭你审判罢！

---

①2006 年版此处有 "。"。

希望送我虚幻的快乐，
诱得我兴奋地赶去。
我醉在希望底怀里，
痴信他是要实现的呢！

（一九二一，十一，六，于枕上。）

孤苦的小和尚 ①

玄空阴沉的庙宇，

排放着许多庄严的神像。

我探步进去，

周身就浃了冷酷的恐怖。

---

① 此诗发表于《小说月报》1922年第13卷第1期，第91—94页。1957年版、1992年版标题为《小和尚》。2006年版全诗"底"均为"的"。1957年版改动非常大，1992年版除写作时间无标点以及第二句诗中的"神象"为"神像"之外，其余内容与1957年版相同。1957年版全诗如下：

小和尚

阴沉的庙宇里
排放着庄严的神象。
庙里一个小和尚，
他不知道他的母亲和故乡。

忧郁的面容，痴痴的眼睛，
倦懒的姿态，瘦弱的身，
但还没有埋没尽
一点残余的天真。

妇女在神前叩头，
他喃喃地念着经。
妇女祷毕去了，他掩不住
希求的眼色羡慕的神情。

1921年8月28日。

庙里一个小和尚，

我问得① 他刚十七岁，

他被卖在这里十多年了，

生他的母亲和故乡他都不知道。

他从幼听见人说，

那庙后的石塔是他底② 父亲，

塔旁的大树是他底母亲。③

他只有痴痴的眼光，④

瘦弱的身体，

忧郁的面容，

倦懒的姿态。

但因了他那未尽埋没的余残⑤ 天真，

可以看得出他是秀雅，

他是美妙，⑥

他是伶俐，

他是活泼的年少。

---

① 初刊本此处有"知道"。
② 初刊本全诗"底"均为"的"。
③ 初刊本此句及以上六句为一节。
④ 初刊本删改此句及以下三句为：
他只有瘦弱的身体，痴痴的眼光，
疲懒的姿态，忧郁的面庞。
⑤ 初刊本此处有"的"。
⑥ 初刊本此句与上一句合为一句。

妇人在神前叩头，

他喃喃地念着经，

却又用羡慕的神态和希求的眼色偷对着伊。①

妇人祷毕去了，

我怜惜地望着他：

"你孤寂苦恼么？

谁给你尝的？

你情愿么？

呵！一个女子，恩爱的伴侣，②——你想么？

可怜你一个无父母的孤苦者，

你思念③父母么？

哦哦！你父母在庙底后面。

但是，④你底爸爸，那个石塔，也来拥抱你抚慰你么？

你底姆⑤妈，那根⑥大树，也来亲吻你乳育你么？⑦

你可怜可爱的小⑧兄弟呵？"

---

① 初刊本此句为"却又用羡慕的神态，希求的眼色，偷射着伊。"
② 初刊本此处无"，"。
③ 初刊本此处有"你"。
④ 初刊本此处无"，"。
⑤ 初刊本"姆"为"妈"。
⑥ 初刊本"根"为"棵"。
⑦ 初刊本"？"为"——"。
⑧ 初刊本无"小"。

他一句正确的回答① 也没有，

不过自卑地带一点不敢的笑容②。

（一九二一，八，二八。）③

---

① 初刊本"回答"为"答语"。

② 初刊本"笑容"为"微笑"。

③ 初刊本无写作时间。

雪①

光明之海呀！

---

①1957 年版删去此诗；1992 年版改动较大，全诗如下：
　雪

光明的海呀！
洁净的海呀！
闪着银光的地球呀！
开满笑的花的世界呀！

雪神呀！
你要把一切化成光明的海么？
你怎么不把人们也化一化呢？
人们不配享受么？
人们太龌龊了么？

无边白净的大地，
给天真的孩子们占了。
只有这些笑着的孩子们，
浴在光明洁净的海里。
他们有的滚着雪球，
有的塑着雪人，
有的印着雪面孔。

雪花又纷纷地飘着了，
一朵朵地装饰着孩子们，
孩子们脸上开满了笑的花了，
孩子们身上布满光明了。

1921.2.3

波着银的地球呀！

开着笑靥花的世界呀！

哦哦！雪神呀！

你要把一切万有化成光明的银波的笑靥花的么？

你怎么不把人们也化一化呢？

人们没福分么？

太龌龊了么？

白到顶白顶白的白雪，

越白越晃人底 ① 眼光。

无边白净的大地，

给孩子们占了。

只有这些笑着笑靥的孩子，

浴着在光明的海里，

在银波的地球里，

在笑靥花的世界里，

他们滚的滚着雪球；

塑的塑着雪人；

印的印着雪面孔。

雪花——哦，笑靥花——

还纷纷地飘着在，

①2006 年版全诗"底"均为"的"。

一朵朵一朵朵地装着他们，

他们身上也开满了笑靥花了，

波满了银了，

布遍了光明了。

雪神罢工了，

天开雪眼了，

笑靥花融化成哭眼泪了。

——伊们底泪无一处不流着。

"晴天走了雨天路"——

来来往往的都这么怨着。

那个袖手的站在那里，

簪^①上的泪滴到他底颈里，

他冰得头缩到肩膊里。

唉！再没有笑靥花开着了！

再没有光明照着了！

再没有银波着了！

（一九二一，二，三。）

---

① 2006 年版"簪"为"檐"。

小鸟 ①

"好聪明伶俐的小鸟呵！

你们在此游戏么？

---

①1957 年版删去此诗。1992 年版写作时间为"1920 年春作于徽州屯溪，1921 年春修改于杭州，1957 年 4 月修改于北京。"，因改动较大，在此附上全诗：

小鸟

风吹得竹枝儿摇呀摇，
枝上的小鸟站不住脚，
跳上又翻下，翻下又跳上，
一枝枝不停地翻翻跳跳。

竹林里的桃花羞红了脸，
瓢瓢地飞着一片片花瓣。
小鸟唱着清脆的赞美歌，
追逐着花瓣儿飞舞翩翩。

小鸟正在私语商量了，
又笑出畅快的笑。
小鸟呵！你们好不自骄呵！
我可以化作小鸟么？

我随着你们飞去又飞回，
我随着你们下翻又上跳，
我随着你们开怀地笑，
哦！我真个化成了一只小鸟！

1920 年春作于徽州屯溪，
1921 年春修改于杭州，
1957 年 4 月修改于北京。

你们飞飞趱趱地，

是做的什么跳舞哟？

你们吱吱咭咭地，

是唱的什么歌曲哟？

那光泽华丽的羽毛，①

是谁给你们的装饰哟？

跳舞，唱歌，

是妈妈教给你们的么？"

小鸟绕着竹儿，②

怪轻巧地飞去又飞回，

我看痴了我底③心，

不住地这样想问着。

缓缓的风吹来了，

竹儿摇摇摆摆起来。

枝上的小鸟站不住脚，

就翻了下来；

尽管站上去，

尽管是翻下来。

---

① 2006 年版删去 "，"。

② 2006 年版删去 "，"。

③ 2006 年版 "底" 为 "的"。

这只从这枝飞到那枝，

那只从那枝飞到这枝。

——终是这样不歇地，①

同时又极清脆地齐奏着自然节拍的赞美歌。

竹林里杂着②些开谢了的桃花，

脸儿羞得胭脂般红着。

风来了，

花飞了，

片片花瓣飘飘地乱飞着；

双双小鸟追着花瓣也飘飘地乱飞着。

他们正在私语商量了。

他们又笑出畅快的笑了。

"小鸟啊！

你们好不自骄啊！

但是，我可以化作小鸟么？

哦！我真个化成一只小鸟了！

妈妈怕不在家等待了罢③？

---

①2006年版删去"，"。

②2006年版"着"为"了"。

③2006年版"罢"为"吧"。

你们还不家去么？

你们永远在此游戏么？

可爱的聪明小鸟啊？"

（一九二一年春修改去年旧作）

白云纪游 ①

（一）

路上铺遍绿油油的嫩草，

我不忍踏坏了伊②，脚步轻轻地。

满山的各色野花，

喜洋洋地挤到我眼前，

似乎怕我不看伊们③底美丽，

那层层的绿叶争④把花儿遮着，

但⑤花儿仍要从束束的叶层间⑥伸出来瞧我。

阵阵的风引着阵阵奇香，

深深钻进心灵里⑦。

呀！我疲了，我醉了！

---

①1957年版按创作时间为序，将此诗排在卷首，标题为《白岳纪游（三首）》。1992年版删去第二首，标题为《白岳纪游（二首）》。1957年版、1992年版本中各诗节序号均删去括号。2006年版全诗"底"均为"的"，"罢"均为"吧"。

②1957年版、1992年版删去"了"，"伊"为"它"。

③1957年版、1992年版"伊们"为"她们"。

④1957年版、1992年版此处有"着"。

⑤1957年版、1992年版删去"但"。

⑥1957年版、1992年版"束束的叶层间"为"叶缝里"。

⑦1957年版、1992年版"心灵里"为"我底心窝"。

我只好^①在这花丛里的草儿上坐坐了！^②

我打算摘朵花儿，^③——

唉！不摘也罢！

（二）^④

这石塔缝里流出些许山谷水，^⑤

流满了这石塔底窝窝；

惹得我更加渴了。

我就饮了好些，——^⑥

从嘴里一直冰窖到心里^⑦，

冰得我好不凉爽！

喂！浩川呀！

慢慢地跑上山去^⑧，等等我罢！

我饮了自然之^⑨母亲的乳^⑩了，

你也来饱饮一顿罢！

---

①1957年版、1992年版删去"只好"。

②1957年版、1992年版"了！"为"。"。

③1957年版、1992年版"摘朵花儿，"为"摘一朵花"。

④1992年版删去此诗。

⑤1957年版删去此句及以下两句。

⑥1957年版此句为"我饮了好些山谷水，"。

⑦1957年版"冰窖到心里"为"冰到胸膛"。

⑧1957年版"跑上山去"为"上山"。

⑨1957年版删去"之"。

⑩1957年版"乳"为"奶"。

（三）

可是①给我跑到珍珠帘了：

屋来高的巉岩凸凸地斜出；②

岩下一个○字形的③碧水池；

岩上点点滴滴的水欲断还连的断线珍珠般绵④

绵地溜到池里。⑤

在这静静寂寂冷冷沉沉的岩里，⑥

只听得玲琮玎玲琮玎⑦的琴调子。

这样悦耳的腔调，

若有蓄音器把他⑧收起，

拿去给伊⑨听了，岂不欢喜！

（一九二一年春修改去年初稿）⑩

---

①1957 年版、1992 年版删去"是"。

②1957 年版、1992 年版此句为"悬空斜出一块高大的岩石,"。

③1957 年版、1992 年版"一个○字形的"为"有一个"；2006 年版"○"为括号。

④1957 年版、1992 年版此句为"岩上千滴万滴的水"。

⑤1957 年版、1992 年版此句为："断线珍珠般溜到池里。"。

⑥1957 年版、1992 年版"静静寂寂冷冷沉沉"为"沉沉寂寂"；2006 年版删去"，"。

⑦1957 年版、1992 年版"听得"为"听见"；1957 年版、1992 年版"玲琮玎玲琮玎"为"玲玲琮琮"。

⑧1957 年版、1992 年版"他"为"它"。

⑨1957 年版、1992 年版"伊"为"她"。

⑩1957 版写作时间为"1920 年春假旅行后作于徽州屯溪，1921 年春修改于杭州。"；1992 年版为"1920 年春假旅行后 4 月 4 日作于徽州屯溪，1921 年春修改于杭州。"。

蟋蟀音乐师（五首）①

（一）②

蟋蟀音乐师呵！

我的生命干枯了，

请你唱只甜美的歌罢③。

（二）

没有主人管束的

自在地在空中游游的灰尘呵。

（三）④

夜幕兜上心来，

---

① 1957 年版、1992 年版删去此诗。

② 此诗发表于《晨报副刊》1922 年 3 月 3 日，第 2—3 页，标题为《短诗》，共有十首，此诗为其中第六首。初版本与初刊本内容相同。

③ 2006 年版全诗"罢"均为"吧"。

④ 此诗发表于《晨报副刊》1922 年 3 月 3 日，第 2—3 页，标题为《短诗》，共有十首，此诗为其中第三首。

愁郁也偷偷地钻来了。

但月色能替我洗涤吗①？

（四）

伸起罢，被践踏的灵魂！

难道情愿葬了这一生？

（五）②

自古以来的人类，③

这样机械④地活着，

再没有比这厌倦的了！

（一九二二，二，八。）

---

① 初刊本"吗"为"么"。

② 此诗发表于《晨报副刊》1922 年 3 月 4 日，第 3 页，标题为《短诗》，共有六首，从第十一首至第十六首，此诗为其中第十二首。

③ 2006 年版删去","。

④ 初刊本"机械"为"干枯"。

心的坚城 ①

愿我底热情，②

掀起万丈波涛，

汹涌着冲倒那坚城。

隔开人与人底心的坚城。

（一九二二,一,五。）

---

① 1957 年版、1992 年版删去此诗。

② 2006 年版全诗"底"均为"的"；2006 年版删去","。

被损害的 ①

被损害的莺哥大诗人，②

将绝气的时候，

对着他底③ 朋友哭告道：

牺牲了我不要紧的；

只愿诸君以后千万要防备那暴虐者，

好好地奋发你们青年的花罢④！

（一九二二，二，二。）

---

① 1957 年版、1992 年版删去此诗。
② 2006 年版删去"，"。
③ 2006 年版"底"为"的"。
④ 2006 年版"罢"为"吧"。

诗的人 ①

假如我是个诗的人，

一个"诗"做成的人，

那末 ② 我愿意踏遍世界，

经我踏遍的都变成诗的了。

（一九二二，四，二。）

---

① 1957 年版、1992 年版删去此诗。

② 2006 年版"末"为"么"。

第三辑

微笑的西湖

西湖，伊流着眼儿，①

扬着眉儿，

涡着靥儿，②

屏着唇儿，③

乐融融地微笑了。

我和伊温柔的微笑抱合，④

我于是酥软了，飘飘欲仙了。⑤

在布满丑恶的世界上，

在久陷愁苦的我们里⑥，

那⑦里寻得出这样的笑呢？

所有的笑都⑧沉没海底了，⑨

---

①1957年版、1992年版此句及下一句合为一句"西湖，她流着眼波，扬起眉毛，"。

②1957年版、1992年版此句为"涡起笑靥儿微笑。"。

③1957年版、1992年版删去此句及下一句。

④1957年版、1992年版此句为"我把她温柔的微笑饱餐，"。

⑤1957年版、1992年版此句为"我就飘飘欲仙。"。

⑥1957年版、1992年版"我们里"为"心里"。

⑦1992年版、2006年版"那"为"哪"。

⑧1957年版、1992年版此处有"已"。

⑨1957年版、1992年版"了，"为"。"。

只有痛哭是驱逐不绝的呀！ ①

倦游的旅客呀，②

幸福终是忘了你们了 ③；

丢了那些，听他去，④

来 ⑤ 领略伊 ⑥ 和爱的微笑，

住在伊 ⑦ 底微笑里罢 ⑧ ！

（一九二二，一，五。）⑨

---

①1957 年版、1992 年版删去此句。

②1957 年版、1992 年版删去此句。

③1957 年版、1992 年版"你们了"为"我们"。

④1957 年版、1992 年版此句为"丢了那些不幸，"；2006 年版"他"为"它"。

⑤1957 年版、1992 年版"来"为"且"。

⑥1957 年版、1992 年版"伊"为"她"。

⑦1957 年版、1992 年版"住在伊"为"且住进她"。

⑧1957 年版、1992 年版删去"里罢"；2006 年版"底"为"的"，"罢"为"吧"。

⑨1957 年版写作时间为"1922 年 1 月 5 日。"；1992 年版为"1922 年 1 月 5 日"。

西湖杂诗（二十九首）①

（一）②

这一湖是西子底情泪么？

是伊底芳春之乳么？

伊底乳醉了世人底心罢？

伊底泪洗清了世界底污罢？

呵！让我喝一些伊底乳呀！

让我喝一些伊底泪呀！

（二）③

山是亲睨地擒④着水，

---

①1957版标题为《西湖杂诗（五首）》，作者删去其中二十四首。1992年版标题为《西湖小诗（偕珮声篆漪等同游西湖时口占）》，包含《两塔相对》《韬光竹》《泉边竹》《梅花》《灵隐寺》《阮公墩湖心亭》六首，删去二十三首。1957年版第四首诗末注有"以上四首作于1921年春天。"，第五首诗末注有"以上一首作于1921年夏天。"。1992年版第六首诗末注有"以上六首，1922年2月8日下午2时作。"。

②1957年版、1992年版删去此首。

③1957年版此诗为《西湖杂诗（五首）》中的第一首，序号"（二）"为"一"。1992年版此诗独立成篇，标题为《山和水的亲昵（赠篆漪）》，写作时间"1921年春"。

④1992年版、2006年版"睨"为"昵"；1957年版、1992年版"擒"为"抚"。

水也亲昵地擒①着山。

湖儿，伊②充满热烈的爱，

把湖心亭③抱在心里④，

⑤荡漾着美⑥的波浪，

与他不息地接吻着。⑦

东风来看望伊⑧，

柳儿拱拱⑨手湾湾⑩腰地招待着⑪。

（三）⑫

北高峰给我登上了，

---

①1992年版、2006年版"昵"为"眤"；1957年版、1992年版"擒"为"拍"。

②1957年版、1992年版"湖儿，伊"为"山"。

③1957年版、1992年版"湖心亭"为"湖水"。

④1957年版、1992年版"心里"为"胸前"。

⑤1957年版、1992年版此处增加"湖水"。

⑥1957年版、1992年版"美"为"笑"。

⑦1957年版、1992年版此句为"不息地吻着山"。

⑧1957年版、1992年版"伊"为"湖光山色"。

⑨1957年版、1992年版"拱拱"为"招招"。

⑩1957年版、1992年版"湾湾"为"弯弯"。

⑪1957年版、1992年版删去"着"。

⑫1957版删去此诗。1992年版此诗删改并独立成篇，标题为《思念妈妈》，全诗如下：

思念妈妈

之江之水呀！

你何时出发于黄山？

你何时流过我家门前？

可还存在着瀑布的冰凉？

可还存在着温泉的温暖？

黄山的兰蕙依旧着花了罢？

我妈妈忆念我的泪花，

已给你一齐带来了罢？

我妈妈新添了几根白发？

1921年春

凭栏极目四天空,

指点着这里——这;

那里——那。

哪!白带样的之江湾在那儿。

之江之水呀!

你是何时出发于黄山呀?

你还存在着瀑布水的冰凉甜蜜的味儿么?

还存在着温泉的温暖的热度么?

黄山底兰蕙依旧着花了罢?

我底妈愁念我的泪儿,

已给你一齐带了罢?……

(四)①

大地沉沉睡去,

夜是死一样地②寂静。

D 字样的③月儿独自来拜访。

和蔼的脸对着湖儿④说:⑤

---

① 此诗发表于《小说月报》1922年第13卷第1期, 第90—91页, 标题为《D字样的月光》。初刊本写作时间"春的西湖十一首之一 一九二一 四 一六"。1957年版此诗为《西湖杂诗(五首)》中的第二首,序号"(四)"为"二"。1992年版此诗独立成篇,标题为《月亮与西湖(回忆,赠珮声)》,写作时间"1921年春"。

② 初刊本"地"为"的"。

③ 1957年版、1992年版删去"D字样的"。

④ 初刊本"湖儿"为"伊"。

⑤ 1957年版、1992年版删去此句及以下两句。

"好了，吾爱！ ①

天公放我来见你了。"

伊 ② 笑盈盈 ③ 地欢迎着 ；④

没有回答，只是轻轻地痴笑。⑤

月儿把湖当浴盆，⑥

跳在清水里很快乐地洗浴。

恶狠狠的风来了 ；⑦

黑漆漆的云把他俩截开了。

湖水被 ⑧ 吹激起来，

发出如泣如诉的凄切声音了。

（五）⑨

"吹面不寒杨柳风"——

---

① 初刊本此句为"吾爱！好了，"。

②1957年版、1992年版"伊"为"西湖"。

③ 初刊本"盈盈"为"吟吟"。

④1957年版、1992年版"着 ；"为"。"，且此句及以上部分为第一节。

⑤1957年版、1992年版删去此句，此句及以下部分为第二节，且修改为：

月儿跳在湖水里

很快乐地闪着光明。

恶狠狠的风吹来，

黑漆漆的云把他俩截开。

⑥ 初刊本此句为"月儿把伊，西湖，当浴盆，"。

⑦ 初刊本" ；"为"，"。

⑧ 初刊本无"被"。

⑨1957年版、1992年版删去此诗。

柳儿殷殷勤勤地鞠躬着。

闲静的田间的菜花谢了，

花瓣偷偷地落下——

落得满地尽是黄金。

无一个听得着伊们着地的声音。

对对的蝶儿，

痴痴地看着落花，

兢兢地担着心肠。

踏春的人只顾踏着，

伊们就被踏陷入污泥了。

（六）①

佩声爬在树上，

冠英靠着树站着，

坐在他前面的是悔也和仰之，

倚着他们躺着的就是我。

我们都津津有味地谈着——

眼望着美化了的天然的湖儿：

湖水清莹澄澈，

宛然是一架明净的玻璃镜子。

---

①1957 年版、1992 年版删去此诗。

放在施女神底妆台上，

好照伊那腻润的娇滴滴的容颜。

不意平空刮了一番风，

就吹破伊底镜了。

呀！你不要吹呀！

伊要用来梳妆哪！

（七）①

我亲爱的父母，的姊妹，的朋友呵！

你们知道我正在湖上流览吗？

这景致煞是美呢。

我真个想把伊寄给你们玩赏；

无奈邮局不允许我底情，

不能为你们增眼福呵！

（八）②

那船上一个小姑娘，

怕怯透过布帆的日光，

用一条粉红花手巾，

---

① 1957年版、1992年版删去此诗。
② 1957年版、1992年版删去此诗。

蒙着伊粉红的脸。

我几乎要叫出来：

"不要蒙着罢，

你还不曾做新娘子呵！

哦！你要掩了你的羞么？"

（九）①

辛苦的轿夫搬运着上等人，

抬得汗流气喘了。

沿路都是叫化子的悲痛之呼声

我底听觉实在不忍领受呀！

上等人瞥也懒瞥他们一瞥，

只不过弄些铜钱罢了。

---

①1957年版此诗为《西湖杂诗（五首）》中的第三首，序号"（九）"为"三"。1992年版此诗独立成篇，标题为《上等人》，写作时间"1921年春"，其他内容与1957年版相同，全诗如下：

三

辛苦的轿夫搬运着上等人，
抬得汗流气喘。
沿路都是叫化子的悲痛的呼声，
上等人瞥也懒瞥他们，
只不过丢些铜钱。
这就算是你发慈善心么？
就算是你救苦命么？
你想用钱驱逐他们不来扰你么？
你想买他们不做厌耳之声么？

我探探袋里还有几个大，

不由得不掏给了他们。

我又问问自己底心：

这就算是你发慈善心么？

就算是你救苦命么？

你想用钱驱逐他们勿来扰你么？

你想买他们勿做厌耳之声么？

他们明天又没饭吃了，

你天天有的供给他们么？

无量数的苦百姓，

你能去了他们个个底苦么？

你肯牺牲你底必需——非裕余——的一切么？

——这一问问得我好不难过！

我底眼痴呆呆地起来了，

脚慢钝钝地起来了。

（十）①

我们都"落湖"了——

坐在纺锤式的小船里，

船公每划一桨，

---

①1957 年版、1992 年版删去此诗。

就漩洄了一个笑涡，

浮出了一朵白水花，

勿论划无数桨，

就成了无数笑涡与水花，

富于艺术的船公呵！

我愿你永远造这般的笑涡，

更愿你永远造这般的水花。

（十一）^①

燕儿巡着水面，

回环地飞着，

高高低低地飞着。

有时翅膀拍着湖儿底脸，

把水花向上吸引着。

（十二）^②

柳阴下的勾背"老官"，

踞在那里垂钓：

他忽然把钓竿急迫地一举，

---

① 1957 年版、1992 年版删去此诗。
② 1957 年版、1992 年版删去此诗。

一个半来尺长的鱼

受了饵物的催眠，

被他骗出了伊底极乐之国了。

（十三）①

敏慧的鸟儿，②

宛转地歌唱在树上；

伶俐的鱼儿，③

活泼地游戏在水里。④

树上水里两相望，

只是永无携手时！

（十四）⑤

绉了的黝绿的水，

平平坦坦地铺着。

浪纹漪漪地，

---

①1957年版此诗为《西湖杂诗（五首）》中的第四首，序号"（十三）"为"四"。1992年版此诗
独立成篇，标题为《我是鱼儿你是鸟（赠珮声）》，写作时间"1921年春"，其他内容与1957年版相同。
②1957年版、1992年版此句及下一句合为一句"鸟儿在树上宛转地歌唱"。
③1957年版、1992年版此句为"鱼儿在水里相思。"。
④1957年版、1992年版此句为"我是鱼儿你是鸟。"。
⑤1957年版、1992年版删去此诗。

柔波滟滟地，

活像一幅锦绣绫罗。

这是谁织的呵？

是施女神的十指纤纤的手儿织成的么？

是伊做衣用的呢？

做裙用的耶？

还是给我做袍用的罢？

（以上十四首作于一九二一年春天。）

（十五）①

我逛着 S 形的草路，

手掠着路旁齐腰高的绿草。

那里啼着② 断断续续的杜鹃声？

你不拾青春归去么？

烦你来唤住伊么？

司春之神呀，③

你要把一切春化的伊们领回深闺了么？

---

① 此诗发表于《诗》1922 年第 1 卷第 1 期，第 27 页，标题为《追回春罢（〈春的西湖〉十一首之一）》，写作时间"一九二一，五，十七，于西子湖。"。1957 年版、1992 年版删去此诗。

② 初刊本"啼着"为"吹着"。

③ 初刊本"，"为"！"。

那云边的小鸟呀^①！

你飞^②到那里去呀！^③

你请追回春罢！

哦！我还要托你去到我底^④伊那里呢：

把我底心带去给伊呀！^⑤

把伊的带来给我呀^⑥！

（十六）^⑦

我站在幽闲的林中，

垂头静静地沉思着。

*丝丝丝丝*的情绪，^⑧

低低低低地只是沉下去。^⑨

箫声自湖上飘来，

敲得我底心情放荡起来了。

何等悠扬的箫声呵，这是^⑩！

---

① 初刊本"呀"为"呵"。

② 初刊本此处有"赶"。

③ 初刊本"呀！"为"哟？"。

④ 初刊本"底"为"的"。

⑤ 初刊本此句为"把我的心带去给伊的哟！"。

⑥ 初刊本"我呀"为"我的哟"。

⑦ 1957年版删去此诗。1992年版此诗独立成篇，标题为《箫声（赠篆漪）》，写作时间"1921年夏天"。

⑧ 1992年版删去此句。

⑨ 1992年版此句为"情绪低低地只是沉下去。"。

⑩ 1992年版删去"，这是"。

哦！^①我底心呀！

你和箫声化合着，

去缠绕着你所爱的人儿罢。

（十七）^②

横一行直一行的竹儿，

低头亭亭地立着。

东风——西向；

南风——北斜。

喂！你向谁点头呵？

是向我点头么？^③

我攀着翠竹，

我坐着浓阴，

教伊^④做我底伞，

遮了这已热未酷^⑤的骄阳。

继续着着花的蕙花，^⑥

---

①1992 年版删去 "哦！"。

②1957 年版删去此诗。1992 年版此诗独立成篇，标题为《蕙兰花（赠篆漪）》，写作时间 "1921 年夏天"。

③1992 年版此节删去此句及以上部分。

④1992 年版 "教伊" 为 "翠竹"。

⑤1992 年版 "这已热未酷" 为 "酷热"。

⑥1992 年版此句为 "还在开着花的蕙兰花，"。

怕人的样儿躲在竹儿① 底脚下。

伊含羞着② 微微地摇摇③ ，

是在笑吟吟地招我了？

伊④ 底幽香握住我底灵魂，

我底灵魂给伊⑤ 薰醉了。

（十八）⑥

我酥嫩得好倦，

卧在草地上仰着头：

看哪！

那朵朵的云，

真是朵朵的花呵！

天上美丽的花呀，

你来罩着我睡罢。

---

① 1992 年版"竹儿"为"翠竹"。

② 1992 年版"伊含羞着"为"她含着羞"。

③ 1992 年版"摇摇"为"摇"。

④ 1992 年版"伊"为"她"。

⑤ 1992 年版"给伊"为"被她"。

⑥ 1957 年版、1992 年版删去此诗。

（十九）①

朝晖染在水里，从湖心亭底②帘隙中③反射进来，给壁上挂着的"西子捧心图"披上了一朵朵红红紫紫色色相溶的美化的鲜花。

伊④看看自己，确是美丽无比了;⑤伊⑥几千年来颦着的眉，蹙着的额，都开展了，⑦——⑧微微地笑着。

刹那间，光明的花隐去了，于是那个颦仍旧踞到伊脸上来。⑨

（二十）⑩

美妙的荷花！

你那血红的色，

是我底情之火把你燃烧着的罢？

我赞美你——

---

① 1957 版删去此诗，1992 年版此诗独立成篇，标题为《西子捧心图》，写作时间"1921 年夏天"。

② 1992 年版"底"为"的"。

③ 1992 年版"中"为"间"。

④ 1992 年版"伊"为"西子"。

⑤ 1992 年版"；"为"。"。

⑥ 1992 年版"伊"为"她"。

⑦ 1992 年版删去"，"。

⑧ 1992 版此处有"她满脸光明，"。

⑨ 1992 年版此句为"于是那个使她颦眉的阴影，仍旧踞到她的脸上来了。"。

⑩ 1957 年版、1922 年版删去此诗。

赞美你是宇宙之精华呵！

宇宙的蜜意你都含着在。

露水与你接吻，

你脸上就透出新胭脂了。

呵！好不鲜艳呵，你哟！

（二十一）①

捲②起竹丝帘子，

放进一些些③凉意，

吸饱了湖光山色；

我每一个细胞都爽快了④。

（二十二）⑤

绿浓浓的叶亲着红淡淡的花，⑥

高兴地在湖中蹈舞——⑦

---

①1957年版删去此诗。1992年版此诗独立成篇，标题为《湖光山色》，写作时间"1921年夏天"。

②1992年版"捲"为"卷"。

③1992年版"些些"为"些"。

④1992年版"爽快了"为"爽快适意"。

⑤1957年版此诗为《西湖杂诗（五首）》中的第五首，序号"（二十二）"为"五"，诗末注有"以上一首作于1921年夏天。"。1992年版此诗独立成篇，标题为《荷花》，写作时间"1921年夏天"，其他内容与1957年版相同。

⑥1957年版、1992年版此句为"浓绿的叶衬着淡红的花，"。

⑦1957年版、1992年版删去此句。

彩花 ① 映在柔碧的水里，②

微风吹起绿枝 ③，

④ 荷花弯一弯纤腰，

映得绿里翻红，红里翻绿：⑤

我底心海之花呵，也舞起来了！ ⑥

（以上八首作于一九二一年夏天。）

（二十三）⑦

我崇拜的西湖呀！

冬天苛待你，

你底命运就阴郁了！

但你春天的微笑，

你春天的芬芳，

你春天的佳丽，

依然秘密地溶在我底心神里呢。

你放心罢！

---

① 1957 年版、1992 年版删去 "彩花"。

② 1957 年版、1992 年版此处有 "多娇！"。

③ 1957 年版、1992 年版 "枝" 为 "波"。

④ 1957 年版、1992 年版此处增加 "荷叶"。

⑤ 1957 年版、1992 年版此句为 "映得红红绿绿颤摇摇。"。

⑥ 1957 年版、1992 年版此句为 "我底心也跟着舞蹈！"。

⑦ 1957 年版、1992 年版删去此诗。

我要为你保守，

直至我底生命底最后；

并且和我一道葬入坟墓去。

（二十四）[1]

山这般素淡，

湖这般清静，

风姿更觉闲雅了。

莫不是去年和伊同游的时候到了？

（二十五）[2]

千朵万朵的雪花，

颠颠倒倒地落在湖里，

即刻就消化沉沦了。

我凄切地想着：

假如——

这些雪花幸而不薄命，

重重叠叠地堆满湖上，

那末，这银湖儿将怎样优美呵。

---

①1957 年版、1992 年版删去此诗。
②1957 年版、1992 年版删去此诗。

（二十六）[1]

我想起去年的梅花，

就去探探伊们开也未。

跑到孤山梅树旁，

见一人刚采下一枝，

树上已空了。

可惜只有这第一枝呵！

我于是怅惘得说不出。

（以上四首作于一九二一年冬天。）

---

[1]1957年版、1992年版此诗均独立成篇。1957年版标题为《探梅》，写作时间"1921年冬天。"。
1992年版标题为《探梅（回忆，赠佩声）》，写作时间"1921年冬天"。两个版本其他内容相同，全诗如下：
我想起前天选中的一枝梅花，
就去探梅，看有没有开。
跑到孤山梅树下，
谁知早已被人采。
树上梅花纵有千枝万朵，
总不如那一枝可爱。
可惜只有那第一枝呵！
我满怀怅惘怎能排！

（二十七）①

我们正游玩在野地上，

讨厌的雨敲断了我们底游兴。

我们前去躲躲雨罢：

竹君跑得好快呵，

我赶去扶着伊罢，

担心着伊滑一交哪。

满路的泞泥呀，

你何苦阻碍我底脚？

路旁的荆棘呀，

你何苦牵制我底衣？

我非常疲乏了，

但我底热望没有疲乏呵！

（一九二二，三，十二。）

---

①1957 年版、1992 年版删去此诗。

（二十八）①

我自早晨游到黄昏，

我底躯壳归来了；

但我底灵魂已被沿岸的柳丝系着，

深深沉入西湖底去了。

灵魂呀！

我愿你从今葬在西湖底，

不愿你重复反人间！

（一九二二，四，二。）

（二十九）②

我们团坐在草地上，

摆开带来的面包，

（这是当作游山的午餐的）

我们每人分一股，

也分一股旁边卖甘蔗的小贩子；

---

①1957年版、1992年版删去此诗。

②1957年版、1992年版删去此诗。

他觉得这是奇而又奇了，

他永不曾见过这样的事体。

（一九二二，四，一一。）

西湖小诗①

（一）②

夜间的西湖姑娘，

被黑暗吞下了：

---

① 此诗发表于《晨报副刊》1922年2月28日，第1—2页，标题为《西湖杂诗》。1992年版增加副标题《偕珮声篆潜等同游西湖时口占》，由初版本的十六首删减为六首，且每首均修改了标题，初版本中的第二首"（二）"为"两塔相对"，第四首"（四）"为"韬光竹"，第五首"（五）"为"泉边竹"，第七首"（七）"为"梅花"，第十一首"（十一）"为"灵隐寺"，第十三首"（十三）"为"阮公墩湖心亭"。2006年版删去第十四首，共十六首。1992年版全诗如下：

两塔相对　　　　　　　　　　**梅花**

保叔，雷峰遥遥相对，　　　　　梅花姊妹们呵！

为什么不能握手？　　　　　　　怎还不开放自由花？

莫非有无形的牢囚？　　　　　　胆怯怕谁呀？

韬光竹　　　　　　　　　　　**灵隐寺**

韬光的竹小姐们，　　　　　　　娇艳的春色映进了灵隐寺，

手携手，肩并肩，私语轻轻，　　和尚们压死了的爱情，

为甚不泄漏些儿给我听听？　　　如今压不住而沸腾。

泉边竹　　　　　　　　　　　**阮公墩湖心亭**

山泉边的竹小姐啊，大方些罢，　阮公墩和湖心亭热烈地爱着，

为何总是低头不语静悄悄？　　　不像人间有礼教家法，

何必藏着脸儿羞笑？　　　　　　不至于不能自由结婚罢？

② 初版本与初刊本内容相同。

终不能见面，

虽然大睁着眼尽瞧。

（二）①

保叔，雷峰遥遥相对，

为什么不能握手？

（三）②

湖心亭呵，

你只懒懒地坐在水里；③

为甚不跳得高高地——

跳到南高峰北高峰去耍子呢？

（四）④

韬光底竹儿们，⑤

都手携手，肩并肩地私语着。

---

① 初版本与初刊本内容相同。

② 初版本与初刊本内容相同。

③ 2006 年版"；"为"，"。

④ 初刊本无此诗。

⑤ 2006 年版"底"为"的"，删去"，"。

但为甚不泄露些儿给我听听？

（五）①

竹小姐呵，大方些罢②！
何必藏着脸儿羞笑？

（六）③

林诗翁呵！起来梳洗罢，④
梅花夫人等着你同伴去游春呢。

（七）⑤

梅花姊妹们呵，
怎还不开放自由⑥花？
懦怯怕谁呢？

---

① 初刊本无此诗。
② 2006 年版"罢"为"吧"。
③ 初刊本此诗为第四首。
④ 初刊本"起来梳洗罢，"另起一行；2006 年版"罢"为"吧"。
⑤ 初刊本此诗为第五首。
⑥ 初刊本此处有"的"。

（八）①

竟也跑上初阳台了：
天空何爽朗！
胸怀何荡荡！

（九）

玉泉底② 鱼朋友呵，
我替你开一道火车到西湖，
让你去游嬉湖世界，
好不好呢？

（十）

小青女士呵，
一湖碧水洗清了你底③ 愁恨没有？

---

① 初版本与初刊本内容相同。
② 初刊本、2006 年版删去"底"。
③ 初刊本"底"为"的"。

（十一）①

娇艳的春色映进②灵隐寺，

和尚们压死了的爱情，③

于④今压不住而沸着了⑤：

悔煞不该出家呵！⑥

（十二）⑦

里湖，外湖因为国界争吵了；

葛岭先生呵，去帮他们讲和罢⑧，

叫他们撤消了国界罢⑨。

---

①1957年版此诗修改标题为《灵隐寺》，与《蓓蕾》《一步一回头》《眼波》《礼教》《寻遍人间》《微
笑》《心上人底家乡》合为组诗《小诗八首》。

②1957年版此处有"了"。

③2006年版删去"，"。

④1957年版"于"为"如"。

⑤1957年版"沸着了"为"沸腾"。

⑥初刊本"！"为"。"；1957年版删去此句。

⑦初版本与初刊本内容相同。

⑧2006年版"罢"为"吧"。

⑨2006年版"罢"为"吧"。

（十三）①

阮公墩和湖心亭烈热地爱着，

不至于不能自由结婚罢②？

（十四）③

你不羞耻么，岳飞——

你底同胞，秦桧，囚在你面前？④

可怜儿，放了他罢！

（十五）⑤

蛙的跳舞家呵，

你想跳上山巅么？

想跳上天罢？

---

① 初刊本此诗为第十四首，初版本与初刊本内容相同。

②2006 年版"罢"为"吧"。

③ 此诗在初刊本中为第十五首。此诗在 2006 年版删去。

④ 初刊本此句为"你的同胞秦桧囚在你前面？"。

⑤ 初刊本此诗为第十六首，初版本与初刊本内容相同。

（十六）①

我找不到一个伴侣在三潭印月，

真个寂寞煞人也呵！

（十七）②

我③在母亲怀里就羡慕着的西湖，

可恨拜望得太迟了；

于今结了一场亲密的交情，

可喜这宇宙里有了我们不灭的友谊了。

（一九二二,二,八，下午二时。）④

---

① 初刊本此诗为第十八首，初版本与初刊本内容相同。

② 初刊本此诗为第十九首。

③ 初刊本此处有"还"。

④ 初刊本写作时间为"一九二二,二,八，杭州。"；1992 年版为"以上六首，1922 年 2 月 8 日下午 2 时作。"。

第四辑

题 B 的小影 ①

B 呀！②

我仿佛当面会着你。

我问你是谁，

你怎的不说你是你？

我看着你，你看着我，

四个眼睛两条视线——

整整对了半天——

你也无言③，我也无言。

你底神韵仍是泰然，

眼睛仍是晶莹的；④

你耳后隐隐⑤的丝丝发儿⑥，

---

①1957 年版标题为《题 B 底小影》。1992 年版标题为《题珮声小影》。1957 年版、1992 年版修改稿诗末增加的一节，据作者说是原稿就有的，初版本因有顾忌而删去。2006 年版全诗"底"均为"的"。

②1957 年版、1992 年版删去此节。

③1957 年版、1992 年版"言"为"语"。

④1957 年版、1992 年版"的；"为"明慧，"。

⑤1957 年版、1992 年版删去"隐隐"。

⑥1957 年版、1992 年版"发儿"为"头发"。

像要飞舞似的。①

一切你所有的，②

早已印在③我底脑里了④；

这个⑤机械的照片，

又那替得⑥我脑中的小影那样好！⑦

（一九二〇，五，六，于徽州屯溪。）⑧

---

①1957年版此句为"好象要飞"；1992年版此句为"好像要飞。"。

②1957年版、1992年版此句为"你所有的一切，"。

③1957年版、1992年版"在"为"进"。

④1957年版、1992年版"脑里了"为"大脑"。

⑤1957年版、1992年版"个"为"张"。

⑥1957年版"又那替得"为"那比得"；1992年版"又那替得"为"哪比得"。

⑦1957年版、1992年版此句后增加一节：

月下老人底赤绳，

偏把你和别人相系。

爱情被压在磐石下面，

只能在梦中爱你！

⑧1957年版、1992年版写作时间均为"1920年5月6日，于徽州屯溪。"。

送别浩川 ^①

我底 ^② 心忐忑乱跳，

我推想你也是忐忑乱跳！

你记得么？

我底浩川，我爱敬的浩川哥哥：

同游白岳看饱山景，嗅饱花香——记得么？

我俩倾心吐真诚至于忘食忘睡——记得么？

我喜听故事，常常伏在你身上或坐在你腿上听你说，

每日不讲十回三回总有——记得么？

我胆小怕骇，你每伴我月夜徘徊——记得么？

你是和蔼仁爱，我心领了你待我的真诚，有时我喜欢

笑着叫你一声"姆妈"，高兴行动了轻轻打你一掌——就是

把我底爱意由手掌送给你——你必定抚慰我说，"孩子的打，

不但不痛，并且有无限快感"——记得么？

平淡淡的风，

带来一些悲伤，

---

①1957 年版、1992 年版删去此诗。

②2006 年版全诗"底"均为"的"。

淡灰色的太阳，

微张泪眼俯视着。

二童讲书山上两个石童子（注）

依恋不舍的状态，

他们也是送别你么？

我望着你去——

远远地看不见了。

唉！我底心更是忐忑乱跳，

你呢，可还更是忐忑乱跳？

（一九二〇，冬，回忆暑假时在屯溪之送别而作）

注：二童讲书山乃徽州休宁八景之一，在屯溪西三里。

山为岩石独耸，顶端天然分裂，望之若二童子焉；故名。

暴雨①

暴雨密密地，②

向着田中的农夫打击。

他劳苦得遍身是汗③，

淋漓得雨和汗都分不出。

我特为他祈祷：④

上帝呀⑤！请你降福给他⑥——

你给他的雨点汗滴，

请变为珍珠的⑦米粒给他！⑧

（一九二〇，六，于绩溪余村。）⑨

---

①1957年版删去此诗。

②1992年版、2006年版删去"，"。

③1992年版此处有"污"。

④1992年版此句为"我为农夫祷祝："。

⑤1992年版删去"呀"。

⑥1992年版"他"为"农夫"。

⑦1992年版"的"为"似的"。

⑧1992年版"给他！"为"。"。

⑨1992年版写作时间为"1920.6.30，绩溪余村。"

蝴蝶（儿歌）①

蝴蝶哥哥，

你忧愁什么？

兰花妹妹等着你，

望你快去看看伊②。

你去看见伊，

必定③笑呵呵！

（一九二一，十一，二二，于枕上）④

---

① 此诗发表于《诗》1922年第1卷第1期，第29—30页。初刊本标题为《蝴蝶哥哥（儿歌）》。1957年版、1992年版删去此诗。

② 初刊本全诗"伊"均为"她"。

③ 初刊本此处有"是"。

④ 初刊本写作时间为"二一，一一，二二，夜，于枕上。"。

我们想（儿歌）①

我们想，②

生两翼，

飞飞飞上天，

做个好游戏：

白白云，③

当做船儿飘；

圆圆月，④

当做球儿抛；

平平⑤的天空，

大家来赛跑。

（一九二一，十二，七。）⑥

---

①1957 年版、1992 年版标题中"（儿歌）"为"（拟儿歌）"。

②1957、1992 年版、2006 年版删去","。

③1957、1992 年版、2006 年版删去","。

④1957、1992 年版、2006 年版删去","。

⑤1957 年版、1992 年版"平平"为"平坦"。

⑥1957 年版写作时间为"1921 年 12 月 7 日。"；1992 年版为"1921 年 12 月 7 日"。

向乞丐哀求 ①

不要太自谦了，

山路旁的乞丐呵！

你这样富有——

有田野的香味，

有委婉的鸟歌，

有青翠的草木，

有艳丽的山花——②

你尽可骄傲了。

我们这些游客，③

其实真是穷小子呵！

你反向我们乞怜，

我们有什么配送你呢？

我们诚恳地哀求你，

---

①1957 年版、1992 年版删去此诗。

②2006 年版删去"——"。

③2006 年版删去","。

请你宽恕久溺苦闷的我们，

让我们享乐你底① 自然的山园哟！

（一九二二,四,二，偕修哥游吴山时）

---

①2006 年版"底"为"的"。

小孩子 ①

我满心快意，

想招那小孩子和我游戏

但他只自顾自地

背了他底 ② 面孔不理我。

真无计可施了，

我只得掏了两个铜子给他，

他就笑嬉嬉 ③ 地亲近我了。

于是我底快意改做悲意了：

不幸的孩子呵，

被人间剥了真与善的孩子呵！

（一九二二，四，一一。）

---

① 1957 年版及 2006 年版删去此诗。

② 2006 年版"底"为"的"。

③ 2006 年版"嬉嬉"为"嘻嘻"。

遣忧 ①

牧童和樵女疲乏之极了，

同来坐在田陌上谈谈心。

他们只消微笑一凝视，

他们底 ② 辛苦即刻逃掉了。

他们无时不浸在忧愁里；

仅每日牧牛砍柴时 ③

这一忽的相逢异样地爽快。

（一九二二,四,二七，于姑苏。）

---

① 1957 年版、1992 年版删去此诗。

② 2006 年版"底"为"的"。

③ 2006 年版此处有","。

两样世界 ①

快乐的小雀们，

一齐出了巢，

舞蹈的——② 舞蹈，

唱歌的—— 唱歌，

咭咭地笑得高兴呵。

他们底 ③ 爹妈看见了，

奖励地鼓掌称赞；

他们更其起劲了。

快乐的小孩们，

一齐做人家，（注）

舞蹈的—— 舞蹈，

唱歌的—— 唱歌。

嘻嘻地笑得高兴呵。

他们底爹妈看见了，

严肃的脸赶走了他们的快乐；

①1957 年版、1992 年版删去此诗。
②2006 年版全诗均删去"——"。
③2006 年版全诗"底"均为"的"。

他们骇得啼哭了。

（一九二二,四,十一。）

注 :"做人家"是我们绩溪小孩们模仿家庭事的一种游戏；扮起父，母，子，女，新郎，新娘子……等人物做日常生活。

赠糖 ①

瓜皮艇里天真的女孩儿, ②

娇憨地偎在伊妈妈怀里,

妈妈底 ③ 慈祥罩着伊。

我不觉地把我将要吃的几块糖抛给伊,

几次都误投水里了。

伊未得到我底赠品,

伊底笑容已表无限的谢忱了;

伊旁边 ④ 严厉的爸爸,

却给我一个"不以为然"的眼色了。

(一九二二,四,三,伴修哥游南屏山时)

①1957 年版、1992 年版删去此诗。
②2006 年版删去","。
③2006 年版全诗"底"均为"的"。
④2006 年版此处有"的"。

情侣 ①

我们挽着臂儿，

爬上无路的荒山。

我疲倦得好厉害，②

经不住懦怯地③喘着了④。

阿修给我特有的⑤和爱的一⑥微笑，⑦

使得我⑧慰安而奋勇了。⑨

我底修呵！⑩

你给我无限的力了。⑪

（一九二二，四，四，和雪漠修同游雷峰。）⑫

---

① 此诗发表于《晨报副刊》1922 年 7 月 17 日，第 2 页。1957 年版标题为《伴侣》。1992 年版删去此诗。
② 初刊本"疲倦"为"疲乏"；1957 年版此句为"我好疲倦，"。
③ 1957 年版删去"懦怯地"。
④ 初刊本"喘"为"躺"；1957 年版删去"着了"。
⑤ 1957 年版删去"特有的"。
⑥ 1957 年版此处有"个"。
⑦ 初刊本此句为"修人热情暖暖的眼光注视我，"。
⑧ 初刊本此处有"得"。
⑨ 1957 年版此句为"使得我奋勇爬上了山。"。
⑩ 初刊本此句为"我的修人呵，"；1957 年版此句为"修人呵！"；2006 年版"底"为"的"。
⑪ 1957 年版此句为"你给我的力无限。"。
⑫ 初刊本写作时间为"一九二二，四，一一，杭州。"；1957 年版为"1922 年 4 月 4 日，和雪、漠、修同游南高峰及雷峰。"。

送你去后 ①

送你去后的我，②
是失落了心的人儿了。
我底 ③ 心跟着你去了，
我只是满肚烦乱呵！

愁时，没有你慰我了；
喜时，没有你吻我了；
睡时，没有你并着头；
梦时，没有你抱着腰。

好哥哥呵，
我恋恋不舍的哥哥呵！
你心爱的人儿要哭了，
于今没有了一个心了。

（一九二二，四，七。）

---

①1957 年版、1992 年版删去此诗。
②2006 年版删去 "，"。
③2006 年版删去 "底"。

自由

我要使性地飞遍天宇，①

游尽大自然的花园，

谁能干涉我呢？

我任情地②饱尝光华的花③，

谁能禁止我呢④？

我要高歌人生进行曲，

谁能压制我呢⑤？

我要推翻一切⑥打破⑦世界，

谁能不许我呢？⑧

我只是我底⑨我，

---

①1957年版、1992年版删去此句及以下两句。

②1957年版、1992年版"任情地"为"要"。

③1957年版、1992年版"花"为"曙色"。

④1957年版、1992年版"禁止我呢"为"把我禁止"。

⑤1957年版、1992年版"压制我呢"为"把我压制"。

⑥1957年版、1992年版此处有","。

⑦1957年版、1992年版此处有"旧"。

⑧1957年版、1992年版此句及下一句合为一句"谁要阻挡我，万不行！"。

⑨2006年版"底"为"的"。

我要怎样 ① 就怎样 ②，

谁能范围我呢？ ③

（一九二一，十二，二十。）

担忧①

衰老的祖母呀！②

你为我新添了几根白发了？

（一九二一，十一，二四。）③

---

① 此诗发表于《诗》1922 年第 1 卷第 1 期，第 29 页，标题为《杂诗二首》，此诗为其中第二首。
1957 年版、1992 年版删去此诗。

② 初刊本"！"为"，"。

③ 初刊本无写作时间。

洋洋 ①

我愿望洋洋的海，

我洋洋的心更觉洋洋了。

（一九二一，十二，二五。）

---

① 此诗发表于《晨报副刊》1922 年 2 月 28 日，第 2 页，初刊本标题为《短诗六首》，此诗是其中第一首。初版本与初刊本内容相同，但初刊本写作时间为组诗的写作时间"一九二一，十二，二五。"。1957 年版、1992 年版删去此诗。

怯弱者[1]

我被强蛮者捕虏的生活，[2]

实在忍无可忍了。

抵抗么？

无力呀！

（一九二一，十二，二十。）

生生世世 ①

生生世世的人们，

只忙着做新坟墓的候补呀！

（一九二一,十二,二十。）

---

① 此诗发表于《晨报副刊》1922年3月1日，第2页，标题为《短诗七首》，此诗为其中第六首，初版本与初刊本内容相同，但初刊本写作时间为组诗的写作时间"一九二一,十二,二十。杭州,一师校。"。1957年版及1992年删去此诗。

游蜜波途中杂诗

（一）

面面的山都旋转着，

宇宙万象尽管送来，

——集中于我底① 眼球。

车旁的电线杆霍霍地闪过。

你们竞走么，电线杆呵？

你们好不跑得快呀！

谁都赶不上你们呀！

---

① 2006 年版"底"为"的"。

（二）①

许多石牌坊——

贞女坊，节妇坊，烈妇坊——

愁②恨样站着；

含怨③样诉苦着；

像通告人们，

伊们是被礼教欺骗了。

（三）

锣鼓敲着；

纸扎龙舞着；

---

①1957 年版此诗标题为《贞节坊》，与《眼睛》《醒后》《希望》《祷告》《谢绝》合为组诗《小诗六首》。1992 年版此诗独立成篇，标题为《贞节坊》。1957 年版与 1992 年版内容相同，且诗末均增加写作时间"1921 年 4 月 21 日，自杭州往游宁波途中。"，全诗如下：

    贞节坊

贞女坊，节妇坊，烈妇坊——
石牌坊上全是泪斑——
含恨地站着，诉苦诉怨：
她们受了礼教的欺骗。

       1921 年 4 月 21 日，自杭州往游宁波途中。

②2006 年版"愁"为"仇"。
③2006 年版"怨"为"冤"。

三角旗儿撑着；

菩萨放在轿里抬着：

大概是乡间做菩萨会罢①？

但是，乡人呀！

神给了你们些什么？

（四）

农夫监着苦力的牛，

牛拖着沉重的犁。

另一个农夫坐在坝上的树下，

吸着旱烟休息。

一个十来岁的乡下姑娘，

牵着白羊牧着。

几个赤足的孩子，

骑着竹马，

唱着村歌游戏着。

（五）

村妇底②老黄的手抱着嫩黄的小孩，

———————

①2006年版"罢"为"吧"。
②2006年版全诗"底"均为"的"。

小孩底两个圆大乌黑的眼睛

灵活活地一眼射着我们①

显出惊异的神气；

"快呵！……看呵！……快呵！……"

——不住地，小嘴这么喊着。

（六）

瞬间的景色飞快地只是闪，

那②有这样会画画的画家能画这幅活图画？

唯有我底眼睛，

已经摄下他们任何的相貌了。

（一九二一,四,二一，于杭甬路车中。）

---

①2006年版句末增加","。

②2006年版"那"为"哪"。

长夜 ①

偏偏不许我没有烦闷的长夜呵！

（一九二二，二，六。）

---

① 1957 年版及 2006 年版删去此诗。

蜂儿 ①

一双蜂儿飞着嗡嗡地叫，

像是寻什么寻不着的东西。

他看见一朵燈 ② 花，

他计算到燈花上去。

他飞绕了几个圈，

到了可爱的花上了，

尝着花里香喷喷甜蜜蜜的花髓了。

但是蜂儿在那 ③ 里呢？

只有燈花上一个快烧成灰的小小炭，

被燈花的火力撑得滚了下来。

　　　　　　　（一九二〇,十二,十四。）

---

① 1957 年版、1992 年版删去此诗。

② 2006 年版全诗"燈"均为"灯"。

③ 2006 年版"那"为"哪"。

波呀 ①

风吹了绉了的水，

莫来由地波呀，波呀。

（一九二二，二，六。）

---

① 1957 年版、1992 年版删去此诗。

穿不完 ①

一缕缕的烦恼丝，②

穿穿一滴滴的忧愁泪；

怎能穿得完呢？

（一九二二，二，六。）

---

①1957 年版、1992 年版删去此诗。

②2006 年版删去"，"。

归燕 ①

桃花开始含笑了，

燕儿做客归来了。

带了些什么来呢？

海里的珍宝么？

和暖的春情罢 ② ？

（一九二二，二，八。）

①1957 年版、1992 年版删去此诗。

②2006 年版"罢"为"吧"。

尽是 ①

尽是失路的鸦儿，

徬徨于灰色的黄昏。

（一九二二,二,六。）

---

① 此诗发表于《晨报副刊》1922 年 3 月日，第 2—3 页，初刊本标题为《短诗》，共十首，此诗为其中第一首，初版本与初刊本内容相同，但无写作时间。1957 年版、1992 年版删去此诗。

瞎了么？ ①

饥饿的鱼儿们呵！

我奉送几片饼干在水里，

请你们充充饥罢 ②。

哼！瞎了么？

为甚偏不吃香甜的饼干呢？

（一九二二，四，二。）

---

① 1957 年版、1992 年版删去此诗。

② 2006 年版"罢"为"吧"。

忍气①

躲避着强蛮的风②

翻在叶底下的娇小的鸟呵。

（一九二二,二,六。）

心曲 ①

对着镜中的我，

似乎有无限心曲，

想倾心相吐而不能呀。

（一九二二，二，六。）

---

① 此诗发表于《晨报副刊》1922 年 3 月 3 日，第 2—3 页，标题为《短诗》，共有十首，此诗为其中第三首。初版本与初刊本内容相同。1957 年版、1992 年版删去此诗。

欣羡 ①

朝阳里骄傲地愤怒地放着奇香的花呵。

（一九二二，二，九。）

---

① 1957 年版、1992 年版删去此诗。

久雨^①

天公呵，不要尽哭着罢^②！

倘你流更多些的泪，

怕不要沉沦了世界么？

（一九二二，二，六。）

---

① 此诗发表于《晨报副刊》1922 年 3 月 3 日，第 2—3 页，标题为《短诗》，共有十首，此诗为其中第八首。初版本与初刊本内容相同。1957 年版、1992 年版删去此诗。
②2006 年版"罢"为"吧"。

同情 ①

黄鹂唱着快乐歌，

玫瑰随着歌声欢笑了。

黄鹂唱着凄凉歌，

玫瑰随着歌声流泪了。

我无论唱什么歌，

人们只板着淡漠的脸向着我！

（一九二二，三，二二。）

---

①1957 年版、1992 年版删去此诗。

捣破了的心 ①

那乞儿绝望地在哭，

我打算去噢咻他，

但我忍耐不住看见

他那不幸的秽陋的苦脸；

我只有不安的惶悚，

我只有难堪的心酸。

我底 ② 被凄惨的哭声捣破了的心，

没有那般勇气说出半句慰语呵！

（一九二二，四，一五。）

---

① 1957 年版、1992 年版删去此诗。

② 2006 年版"底"为"的"。

晨光 ①

我浸在晨光里，

周围都充满着爱美了 ②。

我吐尽所有的苦恼郁恨 ③，

我尽量地饮着爱呵！

尽量地餐着美呵！ ④

（一九二二，八，三一，于西楼。）⑤

---

① 1957 年版删去此诗。
② 1992 年版"爱美了"为"爱和美"。
③ 1992 年版"恨"为"闷"，且此句后面另起一行增加"愉快浸透了骨髓。"。
④ 1992 年版此句后面另起一行增加"我好像已经腾空而飞。"。
⑤ 1992 年版写作时间为"1921.8.31，一师校西楼。"。

慰盲诗人 ①

你若看见这个叫人闭目塞鼻的世界，②

你将必自幸是个瞎子呢③

（一九二一，十一，十九。）④

---

①1957 年版删去此诗。1992 年版此诗与《祷告》和《芭蕉姑娘》合为组诗《小诗三首》。

②1992 年版此句拆分删改为两句：

你若能看得见

这个叫人闭目塞鼻的人世，

③1992 年版此句为"你必将自幸是个瞎子。"

④1992 年版写作时间为"1921.11.19"。

园外 ①

我站在花园外，

眼睛配着墙洞望里瞧：

呵，芙蓉花！

开得好不美妙！

伊飞红着脸，

抿着嘴微笑。

我恨不得跳了进去；

但是墙围碍阻，

---

① 1957 年版删去此诗。1992 年版增加副标题 "（赠篆漪）"，1992 年版修改稿全诗如下：

园外（赠篆漪）

我站在花园外，
眼睛从墙洞往里瞧：
呵，芙蓉花开得好不美妙！
她飞红着脸，
抿着嘴微笑。

我恨不得跳了进去，
但是围墙阻碍，叫我怎能跳？
我连园角那枝都看见了。
因为她把我底视线牵引了，
似乎我底视线能够转转弯了。

叫我怎能跳？

虽然——

我却连园角头那枝都看见了。

因为伊把我底①视线牵引去，

似乎我底视线能够转弯了。

（一九二〇，十，二二。）②

---

①2006年版全诗"底"均为"的"。

②1992年版写作时间为"1920年10月22日，杭州。"，且在写作时间下有注"（以下凡诗末没有注明地点的，都作于杭州。）"。

末路 ①

一只小狗被伤害了，

颤 ② 弱无力地呼救着。③

一声声催我泪流，

叫我感到人生 ④ 末路的悲哀。

（一九二一，十一，二十，晨。）⑤

---

① 此诗发表于《诗》1922 年第 1 卷第 2 期，第 61—62 页。1957 年版、1992 年版删去此诗。

② 2006 年版"颤"为"屏"。

③ 初刊本"。"为","。

④ 初刊本"生"为"间"。

⑤ 初刊本无括号。

离杭州之晨 ①

（一）

漠华眼圈那么一红，
友情的泪酸了我底 ② 心。

（二）

忍耐不住了的雪峰，
不来和我话别，
背过脸儿独自凄凉着。

（三）

我要上旅路了，

---

①1957 年版、1992 年版删去此诗。
②2006 年版全诗"底"均为"的"。

替我捡 ① 一件行李噗 ② 一口气的洞庭呀。

（四）

我亲爱的朋友，——

父亲似的 M，

母亲似的 S，

哥哥似的 B，

弟弟似的 D，——③

都一串儿来绊着我来了。

（五）

眼见没有伊了，

挂着头儿痴着：

我底手只是塞在我眼前，

恨起来砍掉了他 ④ ！

---

① 2006 年版 "捡" 为 "检"。

② 2006 年版 "噗" 为 "叹"。

③ 2006 年版删去 "——"。

④ 2006 年版 "他" 为 "它"。

（六）

探望着邻辈的村舍，
便想试猜猜何处是伊底家了。

（七）

即使在邻辈拾一点土芥，
也要拿去珍藏的；
无奈火车不讲人情，
不许我稍微停一停。

（八）

伸手向窗外，
要和他重握手，
"怎么？手呢？"
倒忘了我在车中去已远了。

（九）

在别离后的火车中，

听不着轰轰声，

只伊那亲温的软语还是不间断的。

（十）

伊昨天那一笑已尽够了，

今天不来送也罢①；

好在省却一回临别滋味呵。

（一九二二，七，二，杭沪路车中。）

---

①2006年版"罢"为"吧"。